詩詞翰墨詠清華

庆祝清华大学建校110周年荷塘诗社暨教工书协作品选

主　编　杜鹏飞　解峰
执行主编　肖红缨

清華大學出版社
北京

内 容 简 介

本书以诗书合璧的独特形式精选清华工会荷塘诗社和书法协会两个协会教职工会员及校友代表、诗词名家等反映清华历史文化和校园风貌的诗词110首，并配以相应的书法作品，雅士群贤齐聚，各展妙思佳艺，可谓立意高远，形式新颖，体现了中国传统文化“物艺相通”“诗书一体”的特色，充分展示了清华人文化传承创新的主体性自觉和责任担当，为满园春色的清华110周年华诞，增添了一爿绚丽多彩的人文艺术花苑。读者对象为广大诗词爱好者，关注清华发展的广大师生校友，研究古典诗词的专家学者等。

图书在版编目（CIP）数据

诗词翰墨咏清华：庆祝清华大学建校110周年荷塘诗社暨教工书协作品选 / 杜鹏飞，解峰主编．—北京：清华大学出版社，2021.4

ISBN 978-7-302-57889-5

Ⅰ．①诗… Ⅱ．①杜… ②解… Ⅲ．①诗词－作品集－中国－当代②汉字－法书－作品集－中国－现代 Ⅳ．① I227 ② J292.28

中国版本图书馆 CIP 数据核字 (2021) 第 061144 号

责任编辑：左玉冰
封面设计：汉风唐韵
版式设计：方加青
责任校对：王凤芝
责任印制：沈 露

出版发行：清华大学出版社
网 址：http：//www.tup.com.cn，http：//www.wqbook.com
地 址：北京清华大学学研大厦 A 座　**邮 编：**100084
社 总 机：010-62770175　**邮 购：**010-62786544
投稿与读者服务：010-62776969，c-service@tup.tsinghua.edu.cn
质 量 反 馈：010-62772015，zhiliang@tup.tsinghua.edu.cn
印 装 者：三河市龙大印装有限公司
经 销：全国新华书店
开 本：190mm×260mm　**印 张：**14.25　**字 数：**260 千字
版 次：2021 年 4 月第 1 版　**印 次：**2021 年 4 月第 1 次印刷
定 价：149.00 元

产品编号：093022-01

一、编辑委员会（分类按年龄排序）

名誉主编：胡显章　王玉明　韩景阳

主　　编：杜鹏飞　解　峰

执行主编：肖红缨

副 主 编：王革华　孙明君　刘　石

成　　员：林书杰　邱才桢　李　哲

校外成员：宋彩霞　江　岚　莫真宝　韩倚云

二、顾问委员会（分类按年龄排序）

名誉顾问：叶嘉莹　丘成桐

顾　　问：言恭达　万俊人　王　岩　向波涛

校外顾问：梁　东　林　峰（中国香港）

郑伯农　张桂兴　郑欣淼　钟振振

王改正　范诗银　林　峰（中国北京）

高　昌　李少君

三、校外人员职务

叶嘉莹　南开大学中华古典文化研究所所长，中华诗词学会名誉会长，加拿大皇家学会院士，中央文史馆馆员

梁　东　中华诗词学会顾问（原常务副会长）

林　峰　香港诗词学会名誉（创会）会长

郑伯农 中华诗词学会名誉会长，中国作家协会原党组成员，《文艺报》原总编辑

张桂兴 中华诗词学会顾问（原副会长），北京诗词学会原会长

郑欣淼 中华诗词学会会长，故宫博物院原院长，文化部原副部长

钟振振 南京师范大学教授，中国韵文学会会长，中华诗词学会顾问

王改正 中华诗词学会副会长

范诗银 中华诗词学会常务副会长

宋彩霞 《中华诗词》副主编

林　峰 中华诗词学会副会长兼学术部主任，《中华诗词》副主编

高　昌 中华诗词学会副会长，《中华诗词》主编

李少君 《诗刊》主编

江　岚 《诗刊》编辑部副主任

莫真宝 中华诗词研究院学术部副主任

韩倚云 北京诗词学会副会长

序

诗词翰墨咏清华，科艺相融满庭花

2021年，清华大学迎来110周年华诞。从全面开启世界一流大学的建设到向世界一流大学前列迈进，塑造“更创新、更国际、更人文、更从容”的清华新形象，学校文化品位、师生文化素养被提到新的高度。学校以110周年校庆为契机，组织编写一系列主题鲜明、内容丰富、品质优良、有影响力的出版物。荷塘诗社和书法协会积极响应学校号召，组织出版《诗词翰墨咏清华——庆祝清华大学建校110周年荷塘诗社暨教工书协作品选》，以诗书合璧的独特形式精选两个协会教职工会员及校友代表、诗词名家等反映清华历史文化和校园风貌的诗词110首，并配以相应的书法作品，雅士群贤齐聚，各展妙思佳艺，可谓立意高远，形式新颖，体现了中国传统文化“物艺相通”“诗书一体”的特色，充分展示了清华人文化传承创新的主体性自觉和责任担当，为满园春色的清华110周年华诞，增添了一爿绚丽多彩的人文艺术花苑。

荷塘诗社从2008年4月成立至今，已经走过了逾12年的历程。在创社社长王玉明院士和历届班子的带领下，经过广大社员的共同努力，取得了长足的进步和可喜的成绩，得到诗词界的认可。这本选集是诗社在100周年校庆诗集、诗社十周年诗集出版后的又一精品力作。中华诗词学会名誉会长叶嘉莹先生为本书题词，原会长郑伯农先生和现任会长周文彰等中华诗词学会领导为清华110周年校庆惠赠诗词书法，众多的诗词名家提供诗词佳作并为会员作品进行点评。这些都充分表明了社会对清华发展诗词文化的高度重视和鼎力支持，也反映荷塘诗社开始从校园走向社会，在社会上的影响力日益显著。

中国是一个诗的国度，先辈给我们留下了难以计数的具有永恒魅力的不朽诗篇，成为中华传统文化的亮丽篇章，中国诗词与书法都是人类文明史上独特的瑰宝。清华有重视诗词文化的传统，清华园是孕育爱国诗人和优秀诗作的沃土。令人欣慰的是，诗词文化在当下的清华得到了传承发展。十二年前，在清华校庆活动期间，在王玉明院士倡议和一批诗词爱好者的支持下，创建了荷塘诗社，我有幸是一位积极的响应者和策划者。其时，王玉明院士首发了他回归母校后的首部诗集。现在，其第四本诗词集和第二本摄影集也即将与本书同时面世。王玉明院士的诗词得到了中华诗词学会名誉会长叶嘉莹先生以及郑伯农、郑欣淼和周文彰历任会长等诗词大家、名家的好评，他还是中华诗词学会顾问及高校诗词工作委员会主任。荷塘诗社已经出版了两本、即将出版第三本集体的诗集。诗社多名理事会成员、骨干社员也已经或即将出版个人诗集或诗词研究专著。这些丰硕成果在诗词（诗歌）界的影响和在校园文化建设上的作用不可小觑。同时，荷塘诗社和书法协会连续七年联手承办的清华大学“迎新年，送春联”活动已经成为清华大学校园文化建设一个广受欢迎的品牌。诗社和书协对教职工陶冶情操，提高学校的文化品位起到了很好的作用。

诗词具有生动的教育功能。孔子在《论语》中有“兴于诗，立于礼，成于乐”之说。诗词不仅是文化艺术的重要形式，还是其重要的源头，是以文化人、以文育人的有效途径，诗教文化具有养性立德、启智育灵、审美陶情、完善人格的作用。古诗文经典已融入中华民族的血脉，成了我们的文化基因。我们不仅要引导大家研读古诗词，还要带动大家来写让人心动的诗词，包括新诗。正如习近平同志强调的“让人们的灵魂经受洗礼，让人们发现自然的美、生活的美、心灵的美”“用独到的思想启迪、润物无声的艺术熏陶启迪人的心灵，传递向善向上的价值观”，我想，这应该是荷塘诗社和诗贤们不竭的追求。

希望荷塘诗社能在继承中华诗词文化传统上做出积极探索。同时，还要按照“和而不同”的哲学理念和清华“会通”的学术风格，营建和谐的文化生态，在不同的观点和文化交流中实现创新和发展，促进科学和人文的完美融合，价值理性与工具理性的和谐统一。

诗词书法从来都是水乳交融的中华传统文化精髓元素，这次诗社和书协联手共创佳品的举措非常好。包括现任中国书法家协会主席苏士澍先生和两届书协副主席言恭达先生在内的书法名家以及教工书协的老师们各显神通，提供了风格多样的精品力作，真是琳琅满目，美不胜收。希望诗社和书协在进一步提升自身创作水平的基础上，更加重视与校外高水平诗词和书法团体的互动交流，不断扩大清华的文化影响力，努力打造在全国有影响力的清华文化高地。

最后，谨以一首小诗对本选集的面世表示祝贺：

两社相携聚众贤，挥毫吟诵兴无前。
佳词妙墨欣合璧，德艺双馨谱丽篇。

胡显章

辛丑立春于清华园

目录

叶嘉莹 / 1
胡显章 / 2
王玉明 / 9
李同振 / 22
高光华 / 26
吴硕贤 / 33
言恭达 / 42
丘成桐 / 44
韩景阳 / 51
谢立军 / 53
万俊人 / 58
王革华 / 66
孙明君 / 74
刘石 / 80
张凤桐 / 92
汤云柯 / 96
张成昱 / 102
杜鹏飞 / 109
圣凯 / 120
谷红丽 / 122
肖红缨 / 126
解峰 / 136
徐建明 / 146
刘马林 / 157
张进 / 159
李成晴 / 166
齐厚博（齐妙） / 170
梁东 / 172
林峰（中国香港） / 174
郑伯农 / 178

张桂兴　/　181
郑欣淼　/　183
钟振振　/　185
王改正　/　187
范诗银　/　192
周文彰　/　194
宋彩霞　/　196
林峰（中国北京）　/　199
高昌　/　201
李少君　/　206
江岚　/　208
莫真宝　/　211
韩倚云　/　214
后记　/　216

叶嘉莹

号迦陵。1924 年生，1945 年毕业于北京辅仁大学国文系。曾任台湾大学专任教授、淡江大学与辅仁大学兼任教授，美国哈佛大学、密西根大学等校访问教授，1969 年任加拿大不列颠哥伦比亚大学终身教授。1990 年被加拿大政府授予“加拿大皇家学会院士”称号，2012 年被中华人民共和国国务院聘为中央文史研究馆馆员，现担任南开大学中华古典文化研究所所长。曾获中国香港岭南大学荣誉文学博士、加拿大阿尔伯塔大学荣誉博士、中华诗词终身成就奖、中央电视台“中华之光——传播中华文化年度人物”“2015—2016 年度‘影响世界华人大奖’终身成就奖”、2019 年中国政府友谊奖等；获“感动中国 2020 年度人物”荣誉。

热烈祝贺清华大学一百一十周年华诞！

愿清华大学荷塘诗社和教工书协越办越好！

叶嘉莹 叶嘉莹

2020 年 7 月 31 日

胡显章

男，1939 年 11 月生，荷塘诗社名誉社长。1957—1963 年就读于清华大学，毕业后留校。曾任校党委副书记、校务委员会副主任，主持文科恢复发展工作，兼任人文社科学院院长、新闻与传播学院常务副院长、国家大学生文化素质教育基地主任等。

沁园春·贺新中国 70 华诞（新声韵）

胡显章

赤帜高悬，覆地翻天，换了人间。看昆仑傲立，扬眉吐气；神州崛起，雪耻平冤。玉兔巡天，蛟龙探海，两弹一星气宇轩。怀天下，促和谐“带”“路”，共享甘甜。　梦圆志向弥坚。永砥砺，排难克险艰。望民殷国富，河清海晏；尚法守正，祛腐褒鲜。勇固金瓯，中华一统，正义之师展壮颜。齐放眼，愿常新华夏，飞舞翩跹。

赤幟高懸霞地翻天換了人間看崑崙
傲立揚眉吐氣神州崛起雪恥平寃玉
兔巡天蛟龍探海兩彈一星氣宇軒懷
天下促和諧帶路共享廿甜夢圓志向
弥堅永砥礪排難克險艱望民殷國富
河清海晏尚法守正祛腐褒鮮勇固金
甌中華一統正義之師展壯顏齊放眼
願常新華夏飛舞翩躚
沁園春 賀新中國七十華誕
恭錄顕章先生詞一首庚子白露後一日迎新書

（龚迎新　书）

龚迎新，女，生于 1970 年 2 月。清华大学 88 级英语系本科毕业，德国波恩大学经济学硕士。曾任职于德雷斯登银行、德意志银行、法兰克福书展等机构。目前为自由职业译者。

满江红·八十华诞同贺（新声韵）

胡显章

似水流年，鸿鹄志、风驰电赴。争卓越、不息奋进，艺德双树。甲子术攻积睿智，八十问道无停步。最欢欣、桃李遍寰中，功卓著。 中华梦，融肺腑。清华愿，铭心目。促神州崛起、故园轩翥。朝杖躬行春意永，[1] 丝纶钓渭时光富。[2] 祝安康、葆健美身心，和常驻。[3]

注 1. 古称八十为朝杖之年或杖朝之年。
2. 丝纶钓渭，指周吕尚垂钓于渭水遇文王事。史称吕尚为“太公望”，俗称姜太公，吕尚老年成为周文王成就霸业的辅臣。丝纶钓渭常指老年人发挥余热做贡献。
3. 据著名心理学家调查，促成人长寿的第一要素是和谐的生态。

【张桂兴先生点评】

胡显章先生的《满江红》可谓感世抒怀，情真意切，发自心声。从鸿鹄志向、追求卓越，到桃李满园、建树功成，记述了一个倾毕生精力投身教育、从严治学的清华人的奋斗历程。“见诗如见其人”，正如袁枚所言“诗人者，不失其赤子之心也"，真情是诗人创作的首要条件。

【王玉明院士点评】

胡显章老师在其八十大寿时写的这首词，是对清华精神的深刻阐释。对该词的本身已有张桂兴方家做了解读，我不再重复。我想特别强调的是，胡老师在任清华大学党委副书记时，主抓文科院系的恢复重建工作，为清华恢复“综合性”大学的特性呕心沥血，做出重大贡献。胡老师退居二线之后，与我一起于 2008 年校庆时带头组建了清华大学荷塘诗社，并且在诗社的整个发展过程中，胡老师充分发挥了顶梁柱的重要作用。

胡老师八十华诞时我曾献诗如下：

清平乐·敬贺胡显章老师八十华诞

乾坤灿烂，鼓乐迎华诞。
挺立险峰回首看，大道征尘漫漫。

清华水木华清，百年多少精英。
科技人文双翼，公心志在鹏程。
（2018 年 11 月 22 日）

似水流年鴻鵠志風馳電赴爭卓越不息
奮進藝德雙樹甲子術攻積睿智八十問
道無停步家歡欣桃李遍寰中功卓著中
華夢融肺腑清華顯銘心目促神州崛起
故園軒翥朝杖躬行春意永絲綸釣渭時
光富祝安康葆健美身心和常駐

題章先生滿江紅詞一首 庚子桂月初一末学李棟書

（李栋　书）

李栋，男，生于1970年9月。1988—1993年就读于清华大学应用数学系（本科）。1993—1996年就读于清华大学应用数学系（硕士研究生）。

菩萨蛮·庚子清明节全国哀悼日（新声韵）

胡显章

龟蛇山下长江水，笛声悲壮舟挥泪。天使战瘟神，舍身勇抢拼！
九州齐缅敬，笃力夺双胜。大爱颂邦苍，御污又共裳。

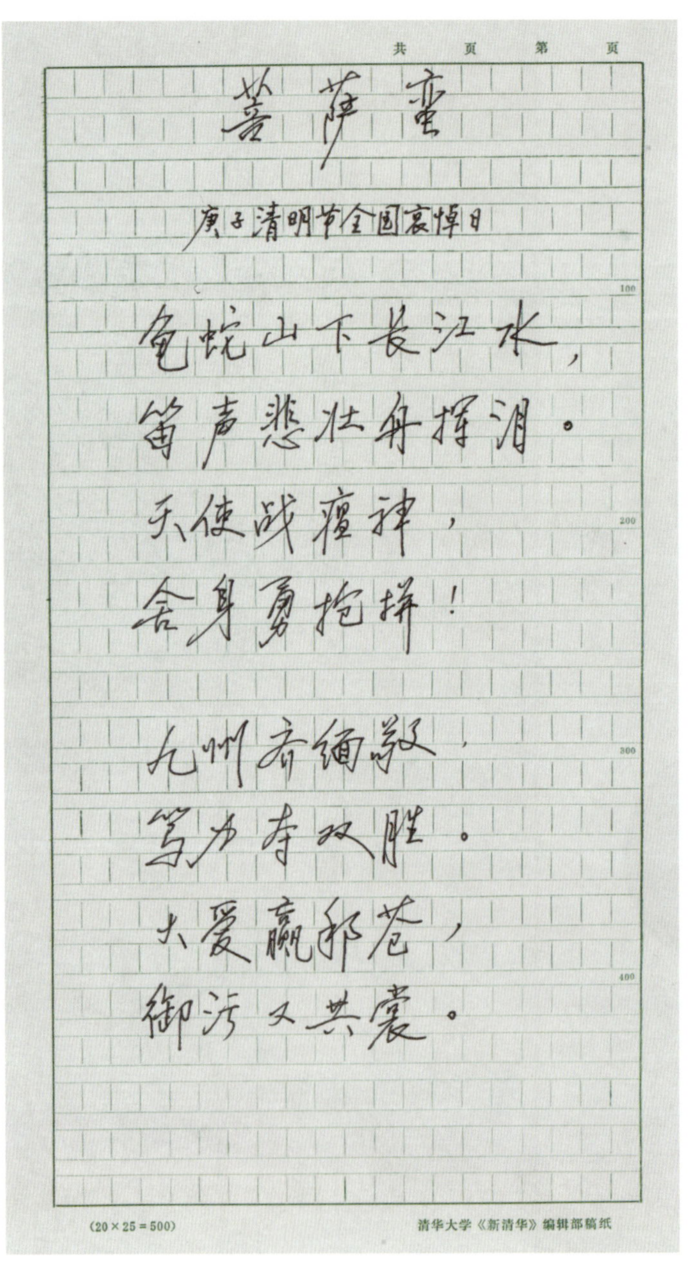
共　页　第　页

菩萨蛮

庚子清明节全国哀悼日

龟蛇山下长江水，
笛声悲壮舟挥泪。
天使战瘟神，
舍身勇抢拼！

九州齐缅敬，
笃力夺双胜。
大爱赢邦苍，
御污又共裳。

(20×25=500)　清华大学《新清华》编辑部稿纸

（胡显章　书）

七绝·贺清华百十华诞（新声韵）

胡显章

挺秀清芬众志道，顶天立地创一流。
惠福华夏功卓著，驰誉瀛寰再上楼。

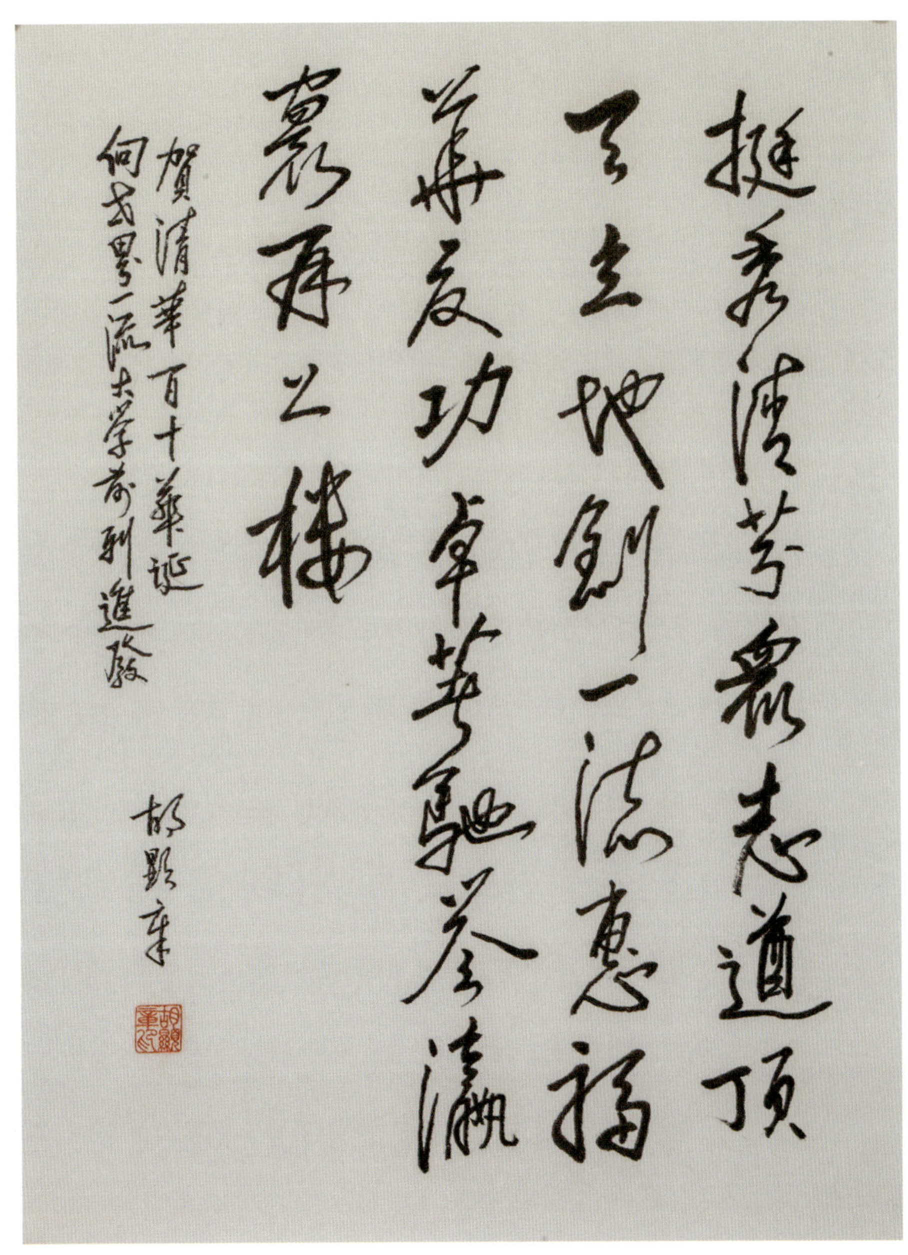

（胡显章　书）

念奴娇·西南联大

胡显章

狼烟烽火，且南渡、三户聚成神殿。刚毅坚卓英气壮，弦诵笳吹群彦。弥切豪情，宽博厚谊，谱写新篇卷。殷忧启圣，神州青史明鉴。　拜鬼修宪陈兵，倭酋山姆，霸王驱前弁。国耻民仇焉能忘，锻就神兵天剑。民主科学，和平正义，赤帜恒鲜艳。中华圆梦，共塑侪辈宏愿。

【王改正先生点评】

历来认为“念奴娇”词调最宜豪壮英拔之作。在清华 110 年之际，以磅礴之气歌西南联大之悲壮，明鉴青史，醒人心目。而下片之“国耻民仇焉能忘，锻就神兵天剑”，更发聩振聋，读之油然击节，有铜琶铁板之声在耳。结语情至高远，催人奋发。

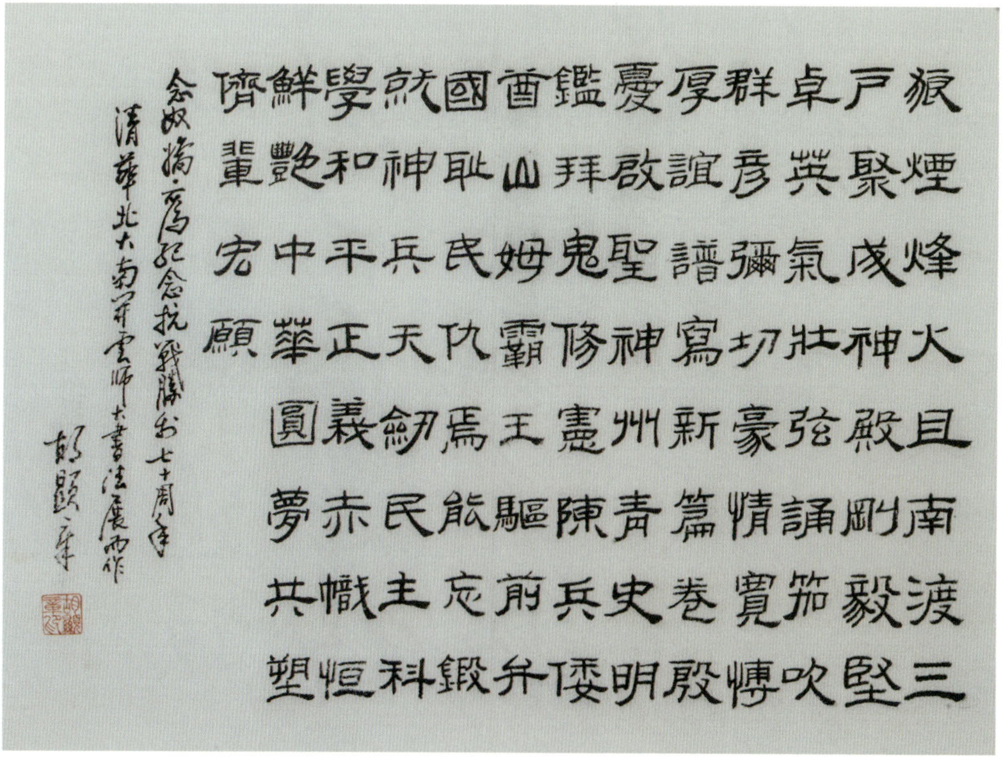

（胡显章　书）

王玉明

王玉明，号韫辉，1941年生，吉林人。清华大学毕业，中国工程院院士，机械设计及理论专家。现任清华大学机械工程学院教授，汽车安全与节能国家重点实验室学术委员会主任，中华诗词学会顾问及高校诗词工作委员会主任，中国工程院院士书画社理事，清华大学荷塘诗社社长。已出版三本诗集和一本影集，即将出版第四本诗集和第二本影集。

调笑令·水木清华

王玉明

杨柳，杨柳，细雨斜风浴就。鹅黄新绿柔裳，曼舞轻歌艳阳。阳艳，阳艳，水木清华眷念。

1962年春（处女作）

【叶嘉莹先生点评】

佳作。

【周笃文先生点评】

玉明先生感情丰富，兴趣广泛，对生活的发现与感悟尤多。读他的诗，能把你引入一个五彩缤纷的世界。其中水木清华与荷塘月色更是他心中永不褪色的情结，他的诗作中至少有二成以上是为此而发的。《调笑令·水木清华》即是他处女之作，成于 1962 年。

【曹初阳先生（云帆诗友会）点评】

处女作小令清新朗健，意气风发，不求工而自工，天赋灵根，半个世纪以后被诗词大家叶嘉莹先生标识为“佳作”，令人惊喜！

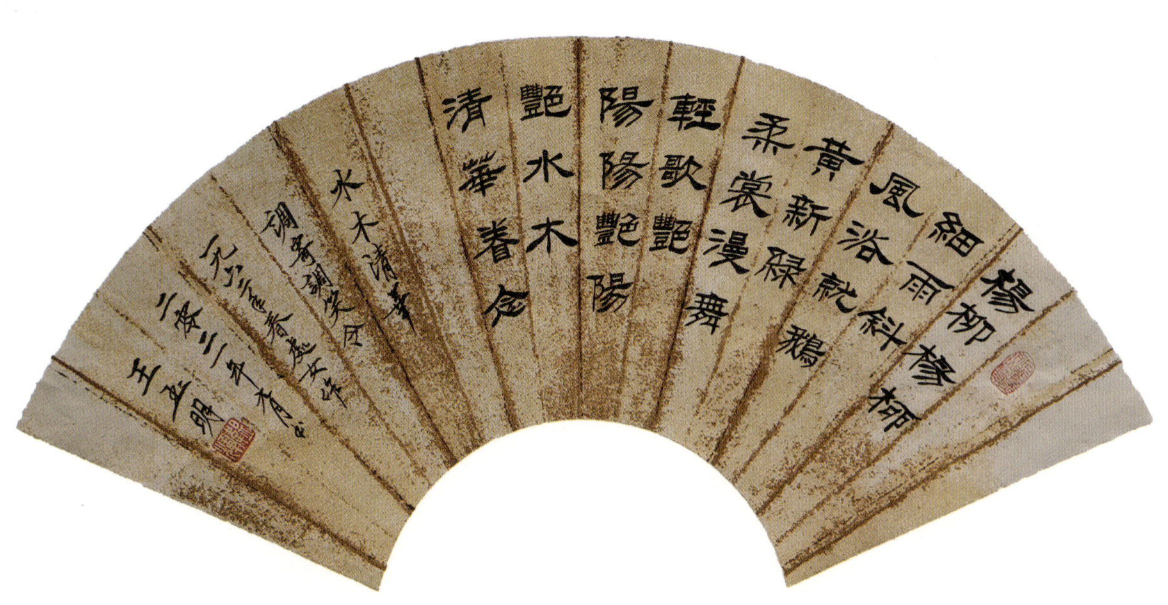

（王玉明　书）

荷塘幽思（四首选一）
其三　秋思

王玉明

独坐荷塘荒岛边，萧萧落叶舞翩翩。
冰轮移过孤枝际，哲思萌生逝水前。
宇宙零源何物有？菩提非树岂尘牵？
人间智慧神奇蕴，寂寞微球飘九天。

（2009年秋初稿，2020年12月24日午夜修改定稿于荷清苑）

【钟振振教授点评】

科学家之哲思，文学家之华采，兼而有之。风格冷静而含蕴深邃。

（王玉明　摄）

獨坐荷塘荒島邊蕭蕭落葉舞翩翩冰輪移過孤枝際哲思萌生逝水前宇宙零源何物有菩提非樹豈塵牽人間智慧神奇蘊寂寞微球飄九天

荷塘幽思 其三 秋思 辛丑元月書於三亞 王玉明

（王玉明 书）

五律·清华礼赞

——应邱勇校长之约为2017年清华大学全体教职员工大会而作

王玉明

百年培秀木，学府沐春阳。
锐意前沿探，丹心深腑藏。
人文真善美，科技大高强。
我有双飞翼，云天万里翔。

（2017年3月10日于清华园）

【叶嘉莹先生点评】

佳作。

【蔡厚示先生点评】

颈联大佳。

【林峰先生（北京）点评】

清华园绛帐高悬，桃李满天；学风鼎盛，文光灿烂。玉明先生之诗即百年名校之生动写照也。尤其尾联之结，寄慨遥深。令诗人老骥伏枥之暮年壮心跃然纸上。其中“双飞翼”之比喻最是形象，与诗人渊雅博学、奋发向上之气格不谋而合也。

百年培秀木學府沐春
陽銳意前沿探丹心深
腑藏人文真善美科技
大高强我有雙飛翼雲
天萬里翔
韞輝先生五律 庚子秋末学李棟
棟

（李栋　书）

风入松·春思——用吴文英韵

王玉明

冰销曾记冷塘明，年少意长铭。故乡邈邈关山外，好风送、脉脉深情。桃蕾开时醉蝶，柳芽绽处迷莺。 于今皓首倚闻亭，新月见新晴。落英何夕随流水，双眸内、有泪微凝。隐隐闲愁未断，离离春草还生。

（2017 年 5 月 22 日）

【林峰先生（中国香港）点评】

好阕！下阕更好！“落英何夕随流水，双眸内、有泪微凝。”已满怀愁绪，深刻离情。此笔已蘸满浓墨矣！而“隐隐闲愁未断，离离春草还生。”正是浓墨淡写。这种结句，就像浩浩荡荡之大江流水决堤而出，然后浠漫平川，浸渍四野。此情之隐隐闲愁已远非闲愁矣。

【刘卫林先生点评】

大作造语典雅，取境清丽。上下片情景交织，收笔余妍不尽，刻画春思兴象深婉，是方家之作。

冰銷曾記冷塘明年少意長銘故鄉邈
邈關山外好風送脉脈深情桃蕾開時
醉蝶柳芽綻豪迷鶯 於今皓首倚闌
亭新月見新晴落英何夕隨流水雙眸
内有淚微凝隱隱閒愁未斷離離春草
還生

春思 調寄風入松 用吴文英韵

庚子深秋

王玉明 并书

（王玉明 书）

南乡子（十首选一）
其一
戊戌荷月清华园初觅流萤小记

王玉明

何事最相思？岁岁流萤逗小诗。寻遍荷塘幽径里，痴痴，未觅灵光岂舍之？

忽见喜滋滋，恰到情人坡上时。芳草萋萋星闪烁，依依，一片深情君可知？

（2018 年 7 月 10 日夜初稿，7 月 13 日凌晨二稿）

【高昌先生点评】

平易亲切，生趣盎然，灵气十足，活力四射。

【宋彩霞女士点评】

此词疏快，布置匀称。只起两句便是作手，下文势如破竹。此小令从细小的细节入手，一气之下，以其灵思，情生于文，理溢成趣，古雅成篇。

小令起得柔美旖旎，招人喜爱。“何事最相思？”开句突然而来，突兀笼罩，提出设问，到“岁岁流萤逗小诗。”完成答卷。再用“寻遍荷塘幽径里，痴痴，未觅灵光岂舍之？” 以引其情。通过寻找，痴痴地寻觅，但始终未见目标。写到这里，已经有了引申之意，如同攀登科学高峰一样，“灵光不见”决不罢休之要旨。

下阕承接未完成之上意，见异军突起，生发感慨“忽见喜滋滋，恰到情人坡上时。”喜悦之情溢于言表，中有山重水复柳暗花明之致。煞尾“芳草萋萋星闪烁，依依，一片深情君可知？”用诘问作结，富有禅意的诘问。便觉有味可读。也是作者这次行脚的感悟，也是人生的体悟。

小令自然清新简洁朴素。空气越清洁，阳光就越灿烂；作品越朴素，作品的美就越完善，它给读者心灵的震撼力就越强。让自己开心是一种能力，让自己快乐是一种选择。学会让自己开心，无论走到哪里，眼里都是风景。玉明教授拥有一颗童心，因此诗心年青快乐。他善于观察，对审美客体，注入了情感因素。小令中有此等句，便空灵可读。令人仿佛如灯镜传影，了然目中却又摸捉不得。该词妙就妙在不即不离，是相非相。诗在意远，故不以词语丰约为拘。言意深浅，存人胸怀。

该词的特点，纯用现在语言，先景后情，情景交融。

【刘石先生点评】

昔贤有言，词人者不失赤子之心也，此语也于此词可得证之。此词重炼字，重炼意，富情思，显巧思。余曾有诗云：“方知科学家，诗中斫轮手！”质诸高明，或当不以鄙见为谬乎。

【叶嘉莹先生点评】

你是从我学诗之人中成就最大的。你的成就，主要由于你禀赋有一种纯真的赤子之心。

【胡显章先生点评】

心之歌，魂之舞，识博格高，词巧气正，情真意切。

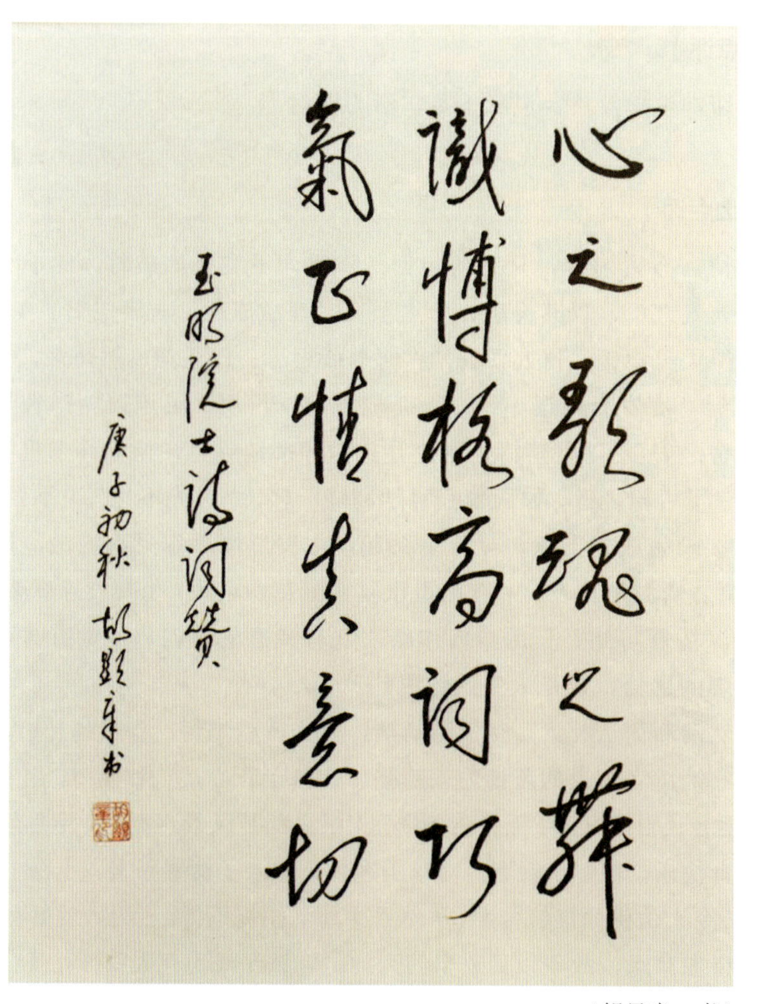

（胡显章 书）

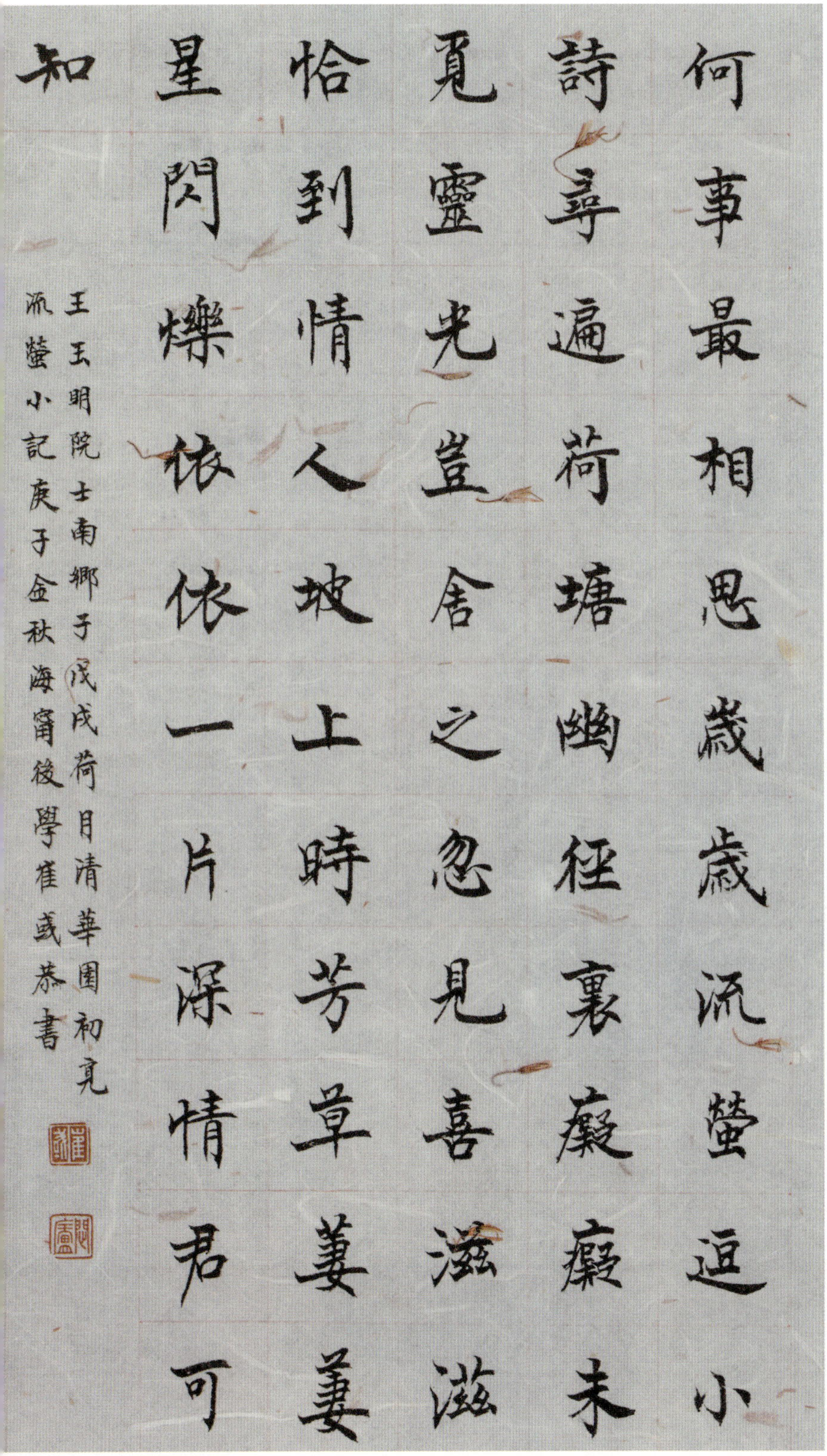

何事最相思歲歲流螢逗小
詩尋遍荷塘幽徑裏癡癡未
覓靈光豈舍之忽見喜滋滋
恰到情人坡上時芳草萋萋
星閃爍依依一片深情君可
知

王玉明院士南鄉子戊戌荷月清華園初見
流螢小記庚子金秋海甯後學崔彧恭書

（崔彧　书）

崔彧，1987 年出生于浙江海宁。2013 年毕业于清华大学法学院，获法学硕士学位；2017 年攻读清华大学与香港中文大学合作的金融财务工商管理硕士学位。现居北京，供职于中信建投证券股份有限公司，从事金融衍生品业务。业余爱好书法、摄影、篆刻、绘画。自四岁练习书法，二十岁时拜入上海书法名家白鹤（赵伟平）教授门下，真草篆隶行五体皆通，尤善小楷、小行书。作品曾在东京、上海等地展览，多次获得国内奖项。扇面作品曾发表于《人民日报》。

清華園

（王玉明　摄）

李同振

男，1945年生。高级工程师，清华大学荷塘诗社顾问，河北省作家协会会员。任河北省医药局副处长，创办《实用药学与信息》杂志。荣获河北省建国三十年文艺三等奖，河北省第八届散文名作一等奖，全国第五届华夏诗词一等奖。作品在《人民日报》《中华诗词》《诗刊》《词刊》及33种省市级报刊发表，著有《未末集》《同振诗词曲》《杂花生树集》。

百字令[1]·纪念清华110周年

李同振

地灵人杰，百年兴，学府清华园瞩。工字厅幽深雅致，二校门宽阔矗。大礼堂巍，主楼雄伟，书馆丰篇目。碧荷池畔，青春曾几留足。　难忘西北残垣[2]，西南联大[3]，东岸添支族[4]。且喜八方多奉献，两弹一星功录。科学精英，中枢先导，辈出新人物。自强不息[5]，千秋功业高筑。

1.《百字令》词，按格律要求，押入声仄韵；
2. 清华园西北比邻圆明园遗址；
3. 日本侵华期间，迁昆明，建联校；
4. 中国台湾分建清华大学；
5. 自强不息，厚德载物，为清华校训。

【王改正先生点评】

此作围绕纪念清华110年主旨，上片从曾是清华学子的角度铺叙清华园内风物，殷殷有青春梦想之感慨，荷塘漫步之幽情。下片忆清华历史，功绩卓著，精英辈出，诚为共和国人文科技之重地名园。词以著名的清华校训作结，词思清晰厚重，情怀壮阔，有鼓动风发之气。

尤婕，美术学博士，清华大学博士后。中国书法家协会会员，中国标准草书社社员，山东省书协学术委员会委员，中国文化艺术研究所特约研究员。现任教于中央财经大学文化与传媒学院书法专业。

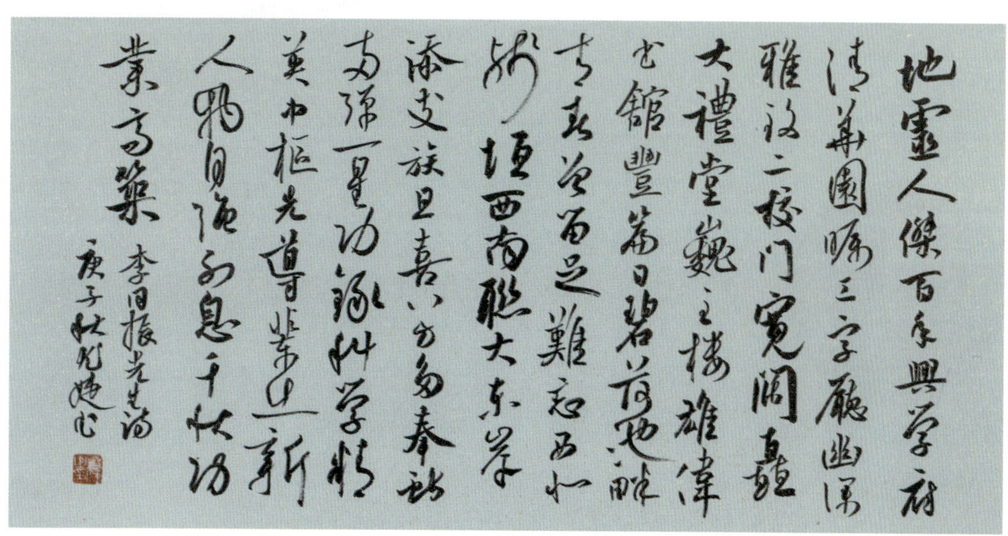

（尤婕　书）

蝶恋花·清华园

李同振

母校情深留记忆。二校门幽，工字厅庄谧。大礼堂曾声浪激，阶梯教室书香溢。　一一零年踪影许？几绕闻亭[1]，壮志冲天起。难觅清华园足迹，荷塘月色铭心底。

注 1. 纪念闻一多亭阁。

母校情深留記憶二校門幽工字廳庄謐
大禮堂曾聲浪激階梯教室書香溢一一
零年踪影許幾繞聞亭壯志冲天起難覓
清華園足迹荷塘月色銘心底
李同振先生詞
庚子秋賀軍峰書

（贺军峰　书）

贺军峰，1986年10月生于山东泰安肥城。毕业于清华大学美术学院。自幼随父亲学习书法，后师从于苏士澍先生。现任教于清华大学附属小学。

好事近·清华恋

李同振

近日梦连绵，觉醒情丝难断。久坐床沿追忆，几多清华恋。　缘由母校百余年，学子愈思念。课桌许留余热，足痕荷塘畔。

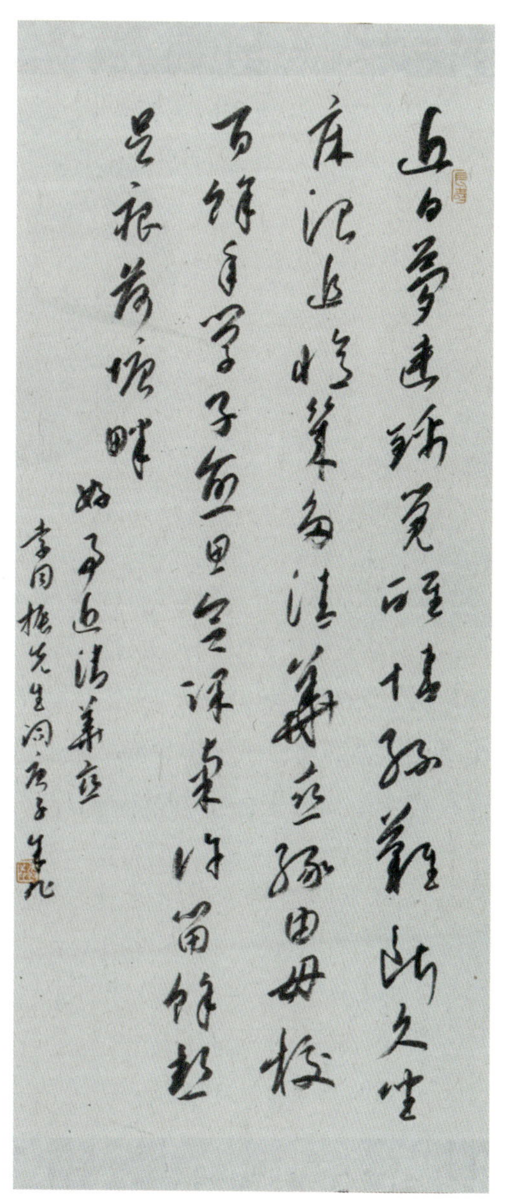

（朱旭　书）

朱旭，男，1958 年生于西安。14 届清华大学建筑学院硕士，高级建筑师，受聘于清华建筑设计院七所（现已退休）。2017 年在清华大学建筑学院举办了“笔墨纸砚与土木之功——朱旭书法艺术展”。现为中国建筑学会建筑改造和城市更新专业委员会理事，北京市音乐家协会会员。

高光华

男，1947 年 3 月生，1970 年清华大学工化系本科毕业，留法博士。清华大学化工系教授，博士生导师。北京市高校教学名师，中国能源学会副理事长。退休后所写的《七律・咏黄河壶口瀑布》曾获 2019 年全国高校诗词创作大赛优秀奖。

七律・春日清华（新声韵）

高光华

水榭晗亭听柳莺，春浓无处不飞红。
荷塘月色半城景，水木清华众秀钟。
游子云端寻故旧，同窗尺素叙离情。
风流代代花溪水，桃李依然沐惠风。

【解峰先生点评】

“荷塘月色”“水木清华”是清华人心中永远高洁的意象和境界，二者相对成联，诉不尽的清风荷韵。尾联大佳，清华百余年办学历程中那变与不变的风度和品格，自然而出。

顾工，1973年6月生，江苏淮安人。东南大学文学博士，清华大学艺术学博士后。师从言恭达、韩天衡等先生，从事书法篆刻创作和理论研究。曾获世界华人书画展书法金奖、第五届中国书法兰亭奖理论奖、全国第十届书学讨论会优秀论文、全国首届篆刻理论研讨会优秀论文、西泠印社“重振金石学”国际学术研讨会最高奖。现任上海韩天衡美术馆馆长、上海市书法家协会学术委员会副秘书长、国家一级美术师、中国书法家协会会员、西泠印社社员、（全国）教育书画协会篆刻艺术分会副会长。

（顾工　书）

七绝·二校门感怀（新声韵）

高光华

华姿如玉动名园，几度春风数度寒。

梦里依稀思不尽，古松依旧水潺潺。

（李志华　书）

李志华，男，山西晋中人，1975 年 5 月生，清华大学工学本科、金融学硕士、哲学博士，研究员，大学毕业后留校工作，现任清华大学纪委副书记、纪委办主任。自幼学习书法，擅长楷书，对行草书亦有一定心得。

七绝·零零阁（新声韵）

高光华

一阁傲立畅春园，塔影湖光浮睡莲。
石砌雕栏名迹在，零零游子思华年。

葛华灵，1988年出生，江苏盐城人。2007—2011年就读于中央美术学院人文学院美术史系，获学士学位；2011—2014年就读于清华大学美术学院史论系，获硕士学位；2014—2018年就读于清华大学美术学院书法研究所，获读博士学位。2018年至今任教于上海大学上海美术学院，2014年美国波士顿大学访问学者，上海市书法家协会第七届委员会委员，在《中国书法》《书法》《书法研究》等杂志发表论文数篇，著有《巨擘传世·近现代中国画大家：启功》等。

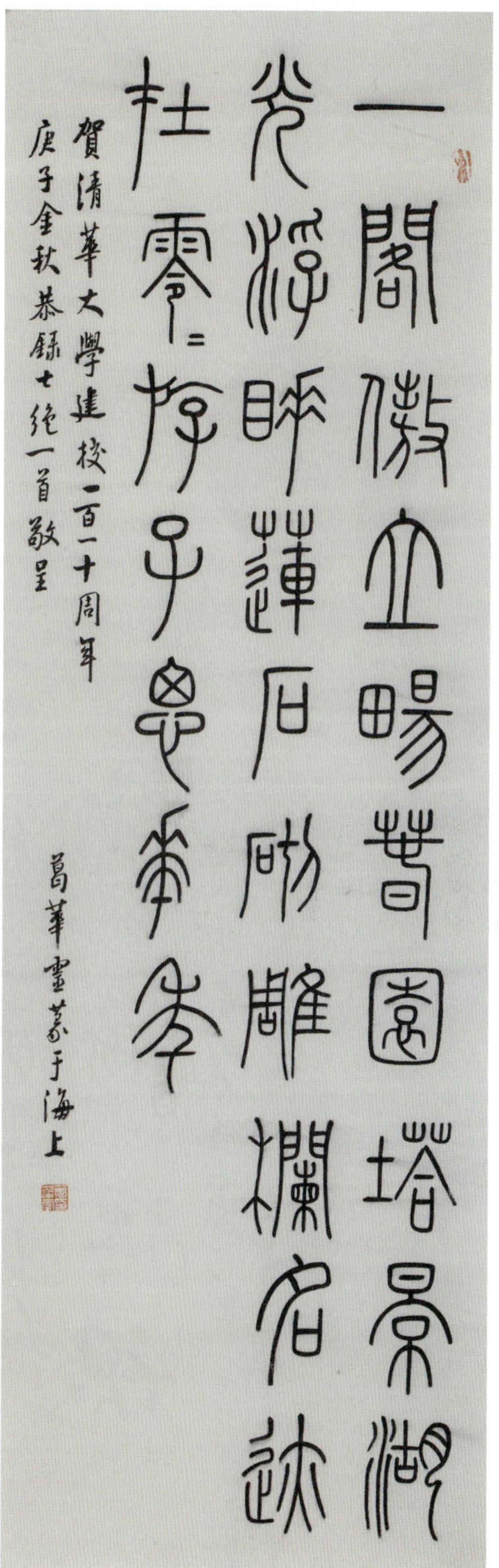

（葛华灵　书）

水木清华（新声韵）

高光华

一泓春水映桃林，朱子荷塘月下吟。

玉立临风尘不染，文章风骨离骚魂。

高文兴，男，山东人。北京师范大学艺术学理论（书法史论）博士，清华大学美术学院（艺术史论）博士后。论文曾在《中国书法》《民族艺术研究》《中国书画》《中华遗产》等期刊杂志发表。第十一届全国书法篆刻展论坛、第五届书法兰亭论坛“青年学者”。作品曾多次在全国书法大赛中入展、获奖。

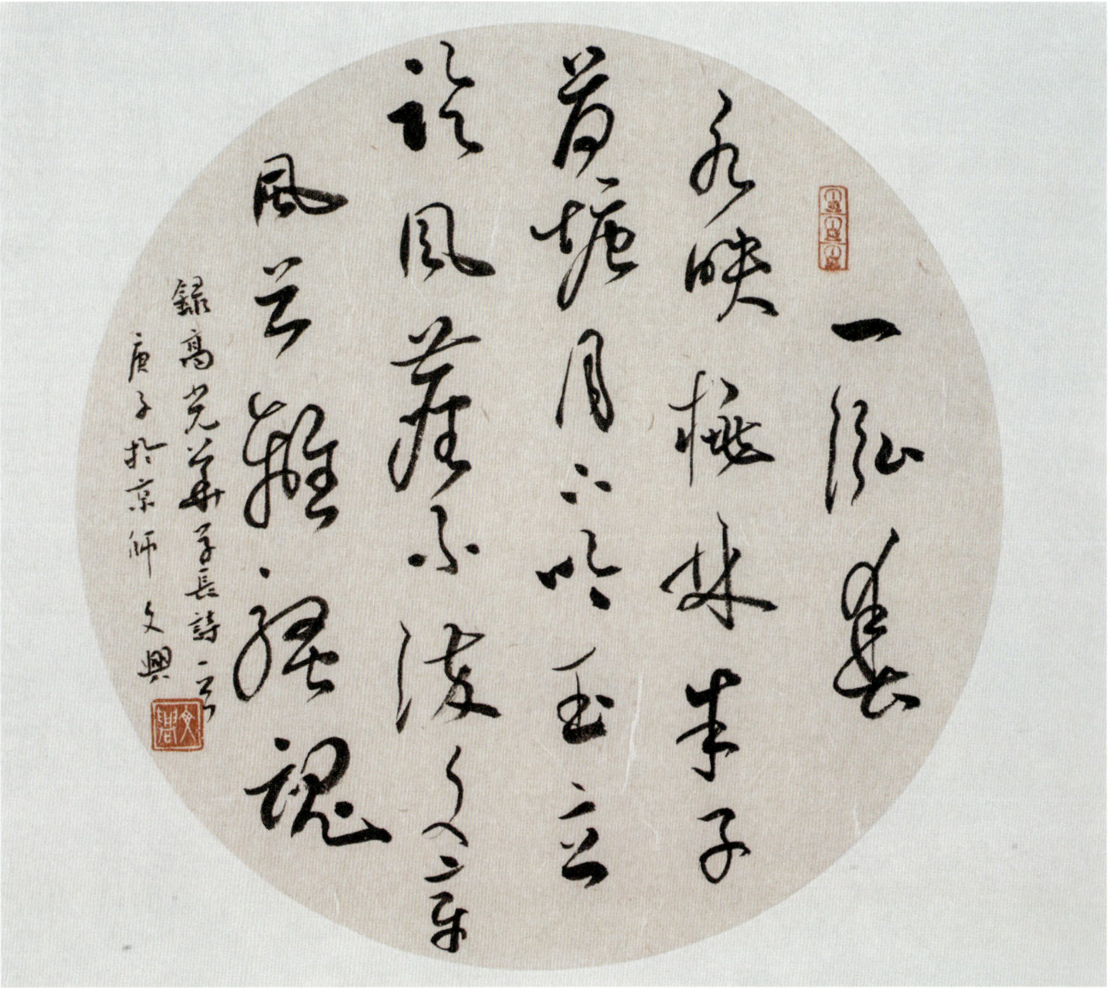

（高文兴　书）

念奴娇·贺清华 110 周年校庆（新声韵）

高光华

洪波巨浪，自当有、名校中流磐柱。水木清华何湛湛，不尽风流人物。大漠沙黄，昆仑叠雪，万丈核花树。荷塘南侧，人言前辈曾驻。　昔日风雨南国，滇池云暗，有凤凰香木。抚剑斜睨天下势，手挽长弓逐鹿。八斗英才，五车名宿，再把雄文著。击栏远眺，如诗长卷谁述？

【解峰先生点评】

起句有声势，叠浪如摧。后将视野扩展神州大地又拉回清华园，用一种时空的切换描述清华人奔赴祖国最需要地方的志向。下片承以西南联大，进一步彰显清华人刚毅坚卓的风骨和舍我其谁的担当，才气冲天、浩气破云。

（王玉明　摄）

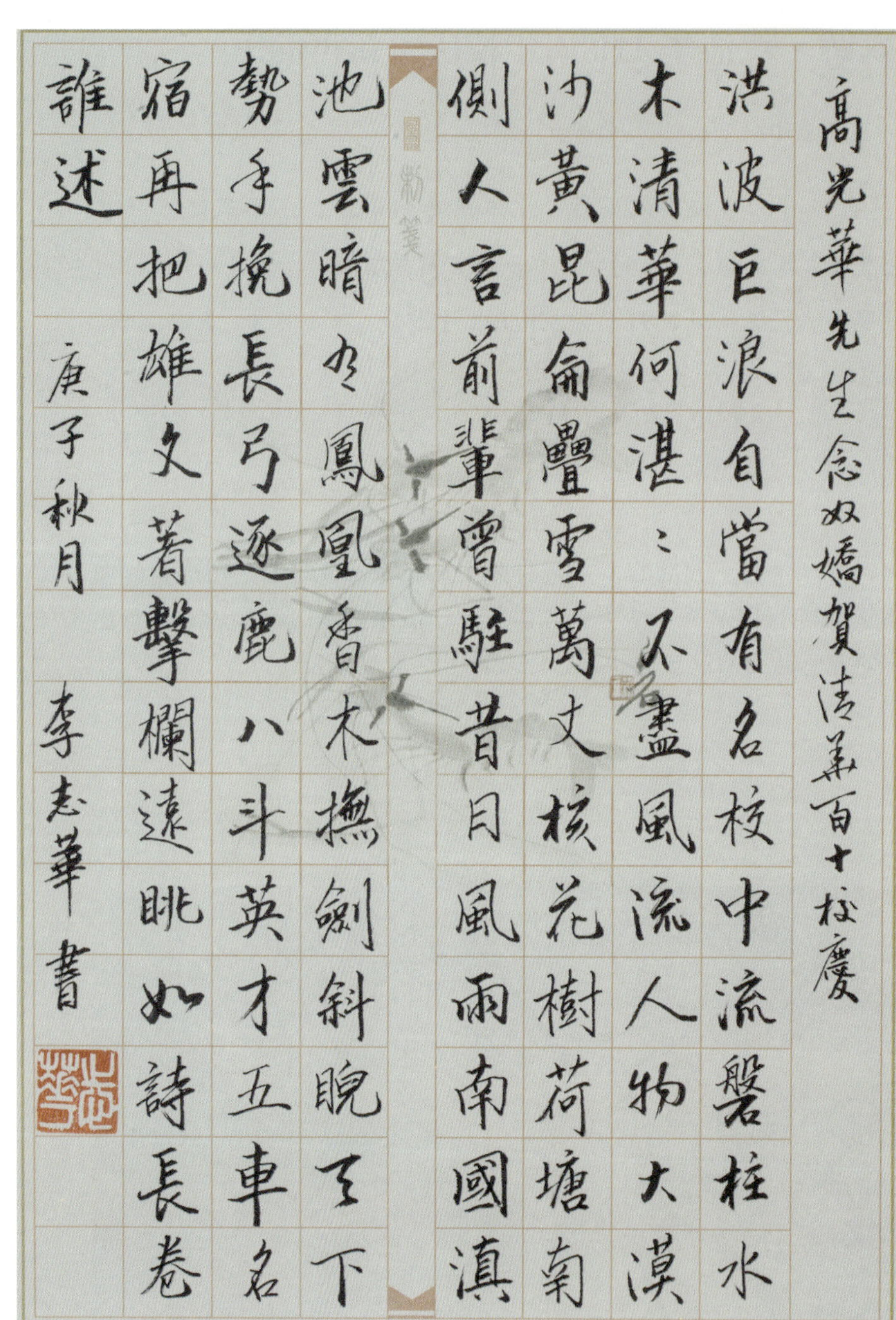

高光華先生念奴嬌賀清華百十校慶
洪波巨浪自當有名校中流磐柱水
木清華何湛湛不盡風流人物大漠
沙黃昆侖疊雪萬丈核花樹荷塘菊
側人言前輩曾駐昔日風雨南國滇
池雲暗飛鳳凰香木撫劍斜睨天下
勢手挽長弓逐鹿八斗英才五車名
宿再把雄文著擊欄遠眺如詩長卷
誰述
庚子秋月
李志華書

（李志华　书）

吴硕贤

男，1947年5月生，福建诏安人。1965—1970年，清华大学建筑学专业本科生，1978—1984年，清华大学建筑学院研究生，获硕士、博士学位。华南理工大学建筑学院教授，中国科学院院士，出版《室内声学与环境声学》《建筑声学设计原理》《音乐与建筑》《偶吟集》《吴硕贤诗词选集》《吴硕贤书法集》等著作。

相见欢·大学时光-上清华

吴硕贤

华年考上清华，喜盈怀。各地鲜花，移向一园栽。长茁壮，竞开放，是人才。理想在胸，更上一层台。

（葛华灵　书）

【张桂兴先生点评】

吴硕贤院士的一首小令《相见欢》，展现出考入清华时的喜悦和自豪之情。“各地鲜花，移向一园栽。”平实的语言，揭示了清华园聚集了全国优秀人才的实况。接着又表达了抱负远大、更上一层楼的雄心壮志。词虽短，信息量大。可谓“逸怀浩气，超然乎尘垢之外”。

（王玉明　摄）

七律·见博士答辩照片感赋

吴硕贤

一张照片色犹鲜，三六年前摄瞬间。
马老声威方鼎盛，吴公事业正中天。
论文答辩开先例，博士栽培揭首篇。
时值金秋逢吉日，因怀希望奋登攀。

注　马老指马大猷院士；吴公指吴良镛院士。

杨晓辉，男，1984 年生，艺术学博士。2016 年入职清华大学美术学院从事博士后科研工作。现为（全国）教育书画协会高等书法教育分会秘书长，中国国际书画艺术研究会副秘书长，清华大学中国艺术学理论研究所研究员，中国书法家协会会员。

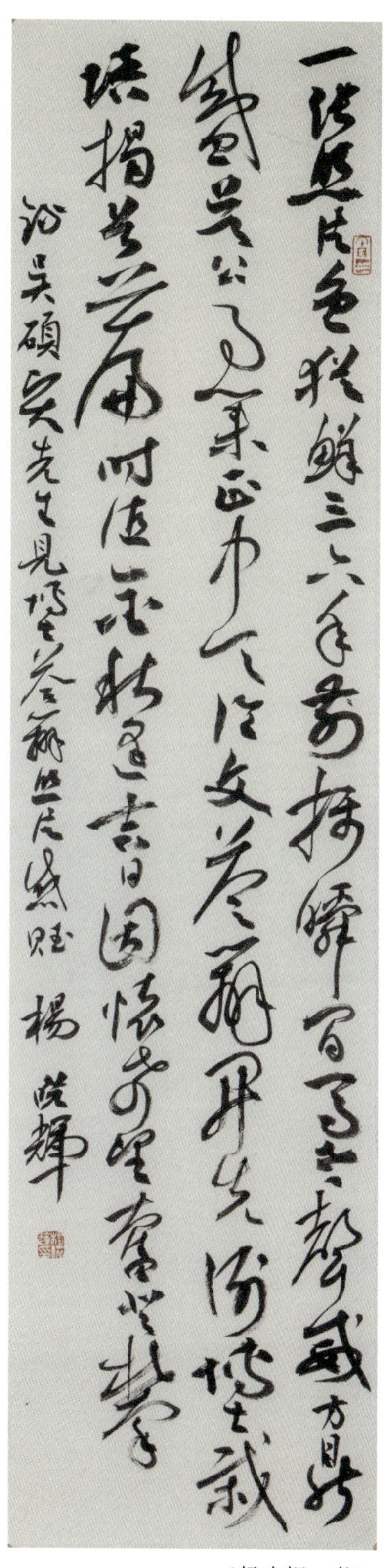

（杨晓辉　书）

五律·清华“云校庆”

吴硕贤

分离五十年，相聚在云端。

网络连天下，音图庆夙缘。

谁言违謦欬，微信共联欢。

想象张双翼，漫游故校园。

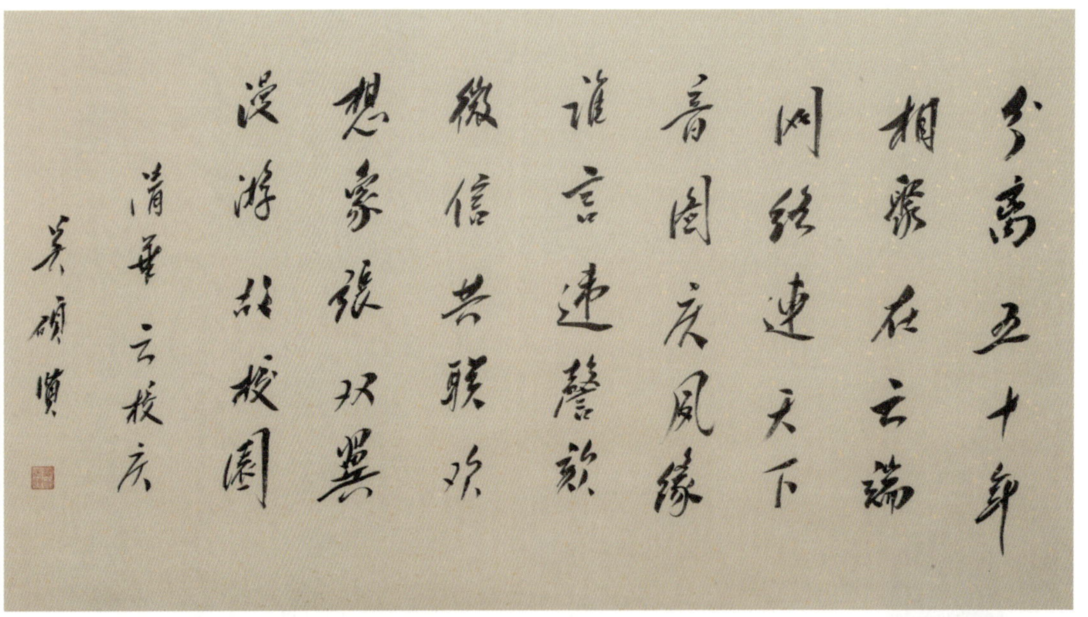

（吴硕贤　书）

五律·北京

吴硕贤

少小来寻梦，计留十一年。
清华园二进，硕博士相连。
师长铭恩德，同窗记靓颜。
离京虽已久，能不忆天安？

【王玉明院士点评】

此诗的前两联写的是：硕贤院士少年时代考进清华大学顶尖的建筑学专业学习，毕业后又第二次回到母校攻读硕士、博士学位，师从大师名家，共十一载。颈联写对老师和同学的深厚感情，尾联进一步抒发对北京生活的怀念之情。硕贤院士不仅主业专精，而且出身于书香门第，诗书俱佳，又非常勤奋，几乎每日一首诗、一幅字，佩服之至！

（王玉明　摄）

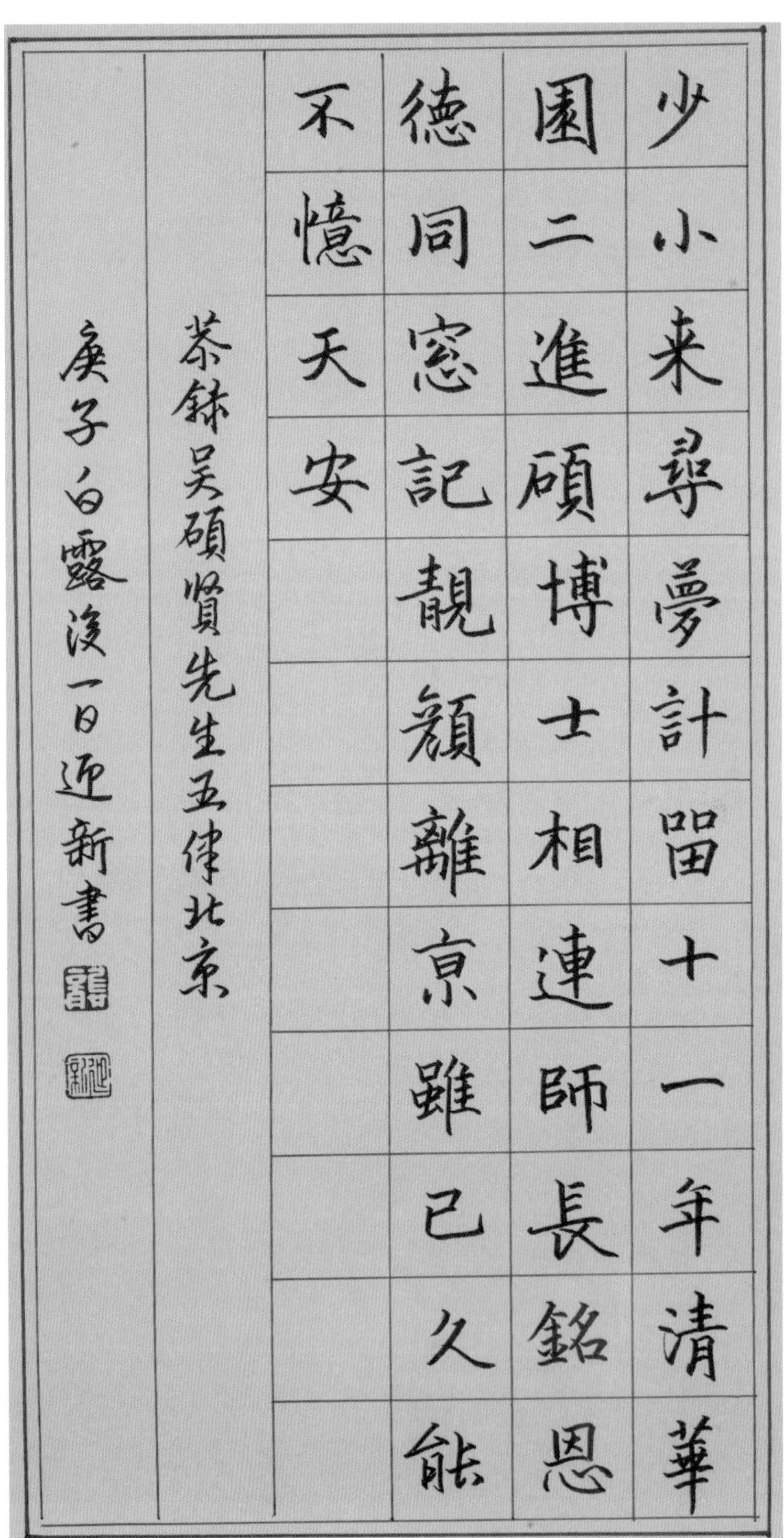
少小来尋夢計留十一年清華
園二進碩博士相連師長銘恩
德同窗記靚顏離京雖已久能
不憶天安
茶錄吴碩賢先生五律北京
庚子白露後一日迎新書
（龚迎新　书）

醉花阴·观清华老年合唱团演唱感赋

吴硕贤

一曲高歌金石裂，渐引心头热。我爱你中华，响遏行云，唱出真情切。童颜道骨丝如雪，勃勃英姿发。少壮别天涯，奉献青春，此辈波澜阔。

林书杰，1970 年生于海南。中国美术学院艺术现象学博士（书法方向）、清华大学美术学院博士后。现任职于清华大学美术学院书法研究所，中国书法家协会会员。擅长书法、国画、篆刻创作和理论研究。出版十余部书籍，发表论文数十篇。2012 年获评为“清华大学优秀博士后”。

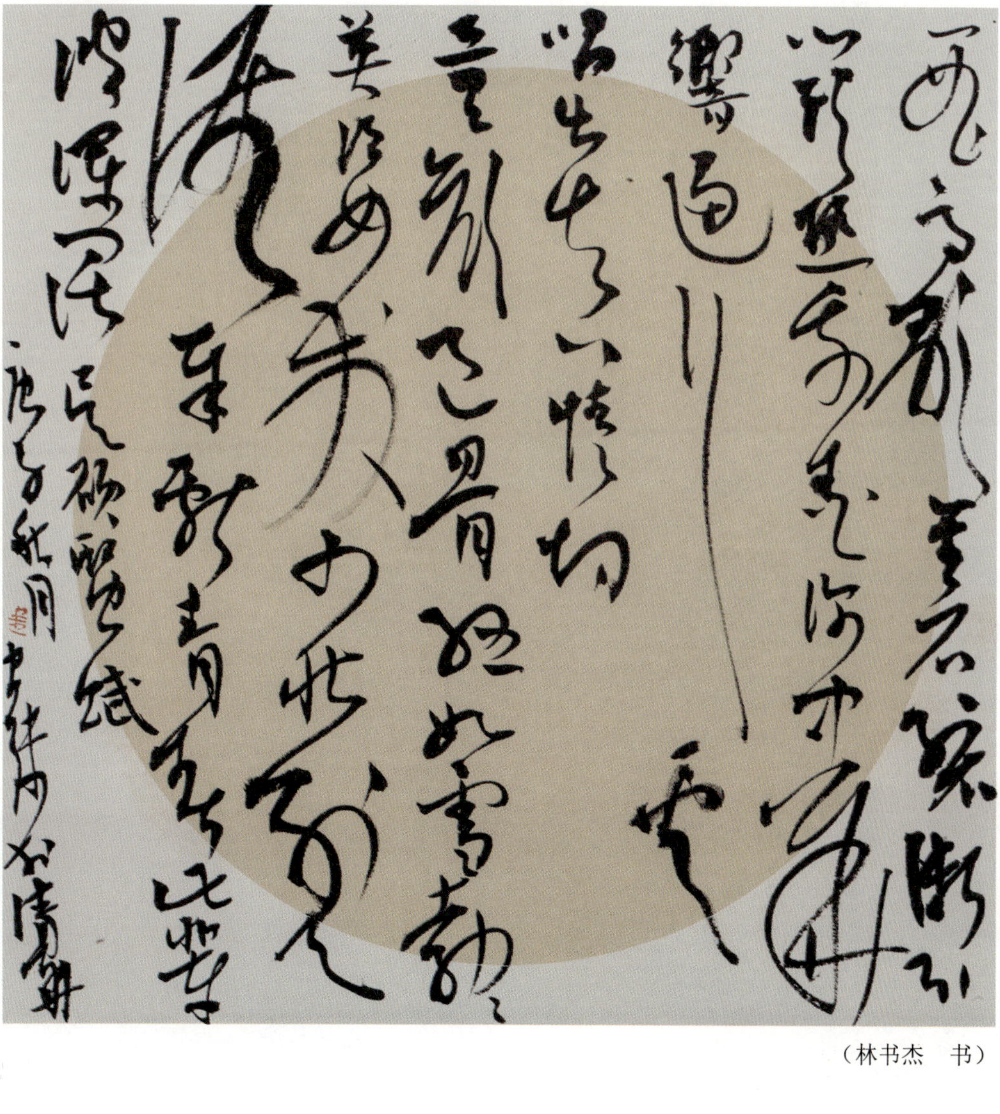

（林书杰　书）

（王玉明　摄）

言恭达

男，1948 年生，江苏常熟人，清华大学教授。博士研究生导师，国家一级美术师，享受国务院特殊津贴专家。第十一、十二届全国政协委员，第五、六届中国书法家协会副主席，中国国家画院院务委员，南京大学、东南大学兼职教授，东南大学中国书法研究院院长，（全国）教育书画协会副主席兼高等书法教育分会会长，中国文字博物馆顾问。

七绝·清华大学建校一百一十周年志庆

言恭达

百载沧桑桃李花，莘莘鼓箧誉中华。

弦歌大雅箕裘业，九畹芳菲灿锦霞。

注 “鼓箧”：典出《礼记·学记》“入学鼓箧，孙其业也”，后称勤学为鼓箧。“箕裘”：本喻祖先事业，此指一百一十周年的清华名校所创造的辉煌业绩。

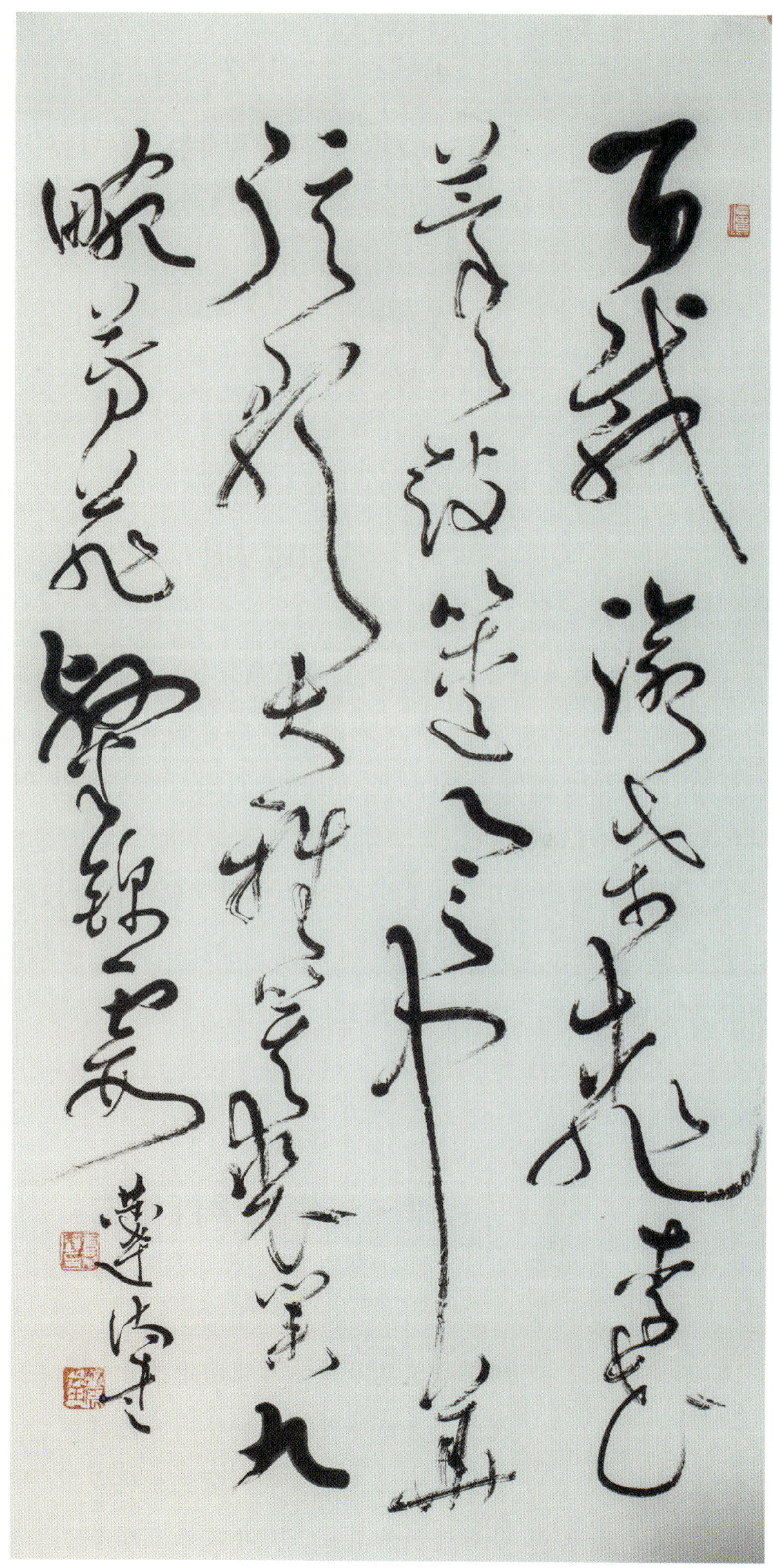

（言恭达　书）

丘成桐

男，1949 年 4 月生。著名美籍华裔数学家。现任哈佛大学数学系教授、物理系教授，以及清华大学丘成桐数学科学中心主任。1976 年，丘成桐教授证明了卡拉比猜想（Calabi Conjecture）与爱因斯坦方程中的正质量猜想（Positive Mass Conjecture），并对微分几何和微分方程进行重要融合，影响重大。其后，继续在几何、拓扑学、物理学上做出许多成就。1982 年，荣获国际数学界最高荣誉的菲尔兹奖（Fields Medal），相当于数学界的诺贝尔奖。2018 年，荣获马塞尔·格罗斯曼奖。

七律·清华大学百年志

丘成桐

陶甄壮业立京华，北瑾南瑜共一车。
搜美求真诸像外，济群纬国海天涯。
新篁破土离尘俗，老树荣枝放晚霞。
今日逢辰应共庆，百年风物至堪夸。

（2010 年）

邱才桢，男，1972 年 2 月生，江西临川人。清华大学美术学院副教授、博士生导师、博士后合作导师，专业方向为中国书画史与书画鉴定学研究，中国书法家协会会员。

（邱才桢　书）

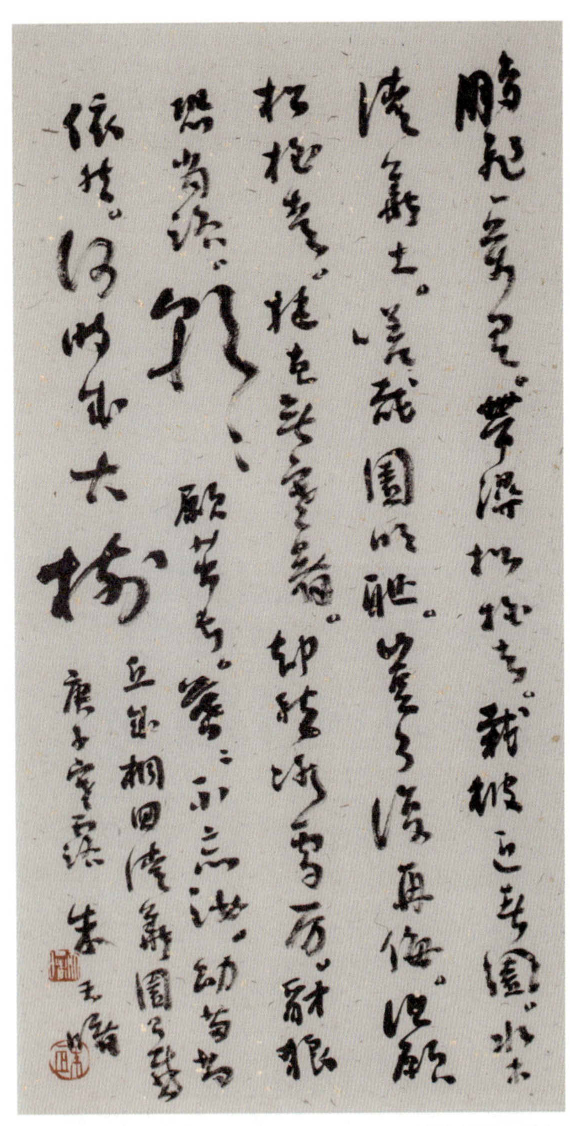

（朱天曙　书）

五言古诗·回清华园有感

丘成桐

鹏飞一万里，带得松柏去。
栽彼近春园，水木清华土。
嗟哉园明耻，岂可复再侮。
但愿松柏青，挺直无寒暑。
却愁冰雪厉，豺狼恐当路。
朝朝愿苗长，暮暮不忘汝。
幼苗尚依然，何时成大树。

（2014 年）

朱天曙，1974 年 2 月生，江苏兴化人。南京艺术学院美术学博士，2006—2008 年为清华大学艺术学博士后。现为北京语言大学教授、博士生导师、中央美院特聘教授、中国书协理事、中国书法国际传播研究院执行院长、中国书法篆刻研究所所长、全国高等书法教育协会副会长、《中国书法国际传播》集刊主编、西泠印社社员、中国美术家协会会员。出版作品集和著作多部。

五言古诗·三月到清华大学

丘成桐

皎皎天上月，葱葱荷塘柳。
初到近春楼，未卜长或久。
万里作客来，深庆逢嘉友。
校长顾吾庐，党委把春酒。
陈华俱已逝，重任在兹否。
持谢诸老少，殷勤惟忠厚。
学系百年盛，厚德载物有。

（2016 年）

关东海，男，1966年6月出生于黑龙江省牡丹江市。现任教于清华大学美术学院工艺美术系，中国美术家协会会员，中国工艺美术协会玻璃艺术专业委员会主任。

皎晈天上月蔥蔥荷塘柳
初到近春樓未卜長或久
萬里作客來深慶逢嘉友
校長顧我廬黨委把春酒
陳華均已逝重任在茲否
持謝諸老少殷勤為忠厚
學系百年盛厚德載物有
丘成桐先生詩
庚子仲秋關東海書

（关东海　书）

破阵子·荷兰著名数学家 Loojainka 教授就聘清华

丘成桐

满眼依然兰国，此心已系黄河。金盏随风斜照下，拂面垂杨引棹过，圆明赏黑鹅。　水木清华未老，筹思玄妙良多。降帐故园东展翅，壮志凌云永不磨，昂头发浩歌。

（2013 年）

注 “降帐”是降下绛帐之意。因为这位教授要离开荷兰到清华大学来，所以说降下帷帐。

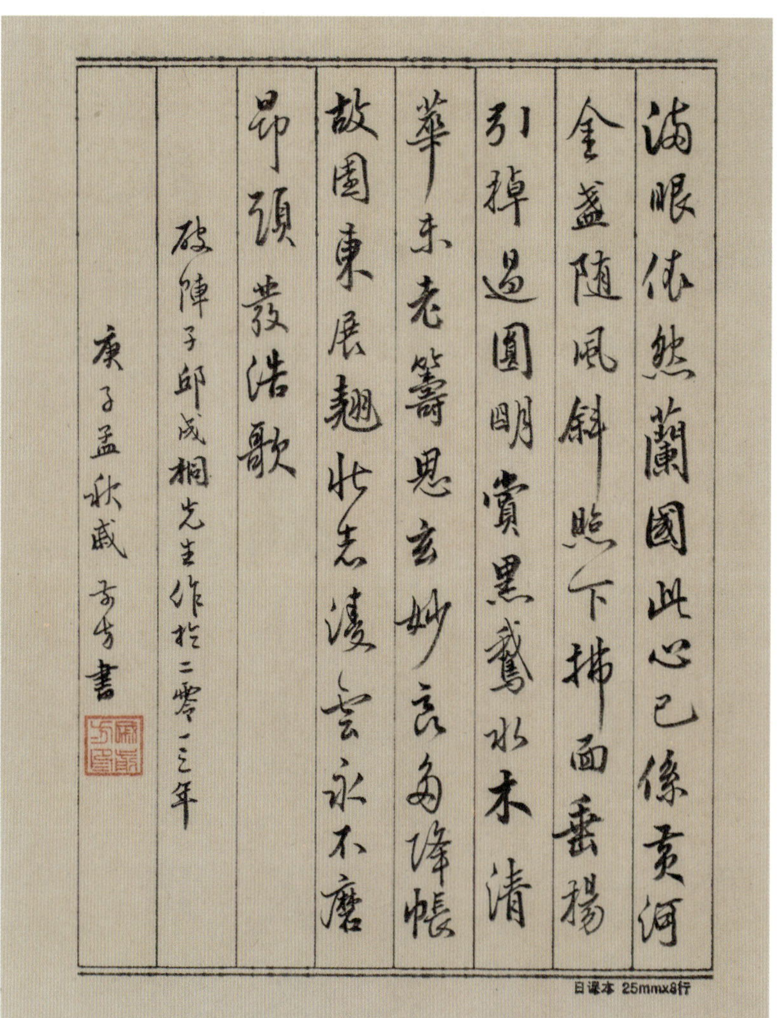

（戚前方　书）

戚前方，男，1969 年 9 月出生于安徽六安，毕业于清华大学，获硕士学位。自幼随父习书，长期临池不辍，主攻二王、孙过庭、赵孟頫，篆书主攻说文，兼习赵之谦。现任清华大学校友书画协会执委、副秘书长。多次参加各类书展，作品曾入展清华美院（原中央工艺美院）80 周年校庆书画展，并被《五月光华》一书收录，曾获“新春杯”全国书画比赛二等奖。热爱公益，曾多次参加扶贫、抗疫义卖。

满江红

丘成桐

问学求真，宜先具，胸怀皎洁。图博雅，书庐长驻，利名心绝。亘古江山风雨夜，清华水木荷塘月。柳影间，低首苦思量，凭谁说？　百年耻，何日雪。凌绝顶，须人杰。听催征金鼓，响霄声彻。厚德淳淳温似玉，自强耿耿坚如铁。趁华年、寻觅遍天涯，真诚悦。

（2012 年）

【王玉明院士点评】

国际著名数学大师丘成桐先生的这首《满江红》，立意高远，根据自己多年的切身体会，开门见山地阐明了为学之道："问学术真，宜先具，胸怀皎洁。图博雅，书庐长驻，利名心绝。"在浮躁之风盛行的当下，真乃警世箴言。

下半阕七言对句："厚德淳淳温似玉，自强耿耿坚如铁"，把清华大学校训情感化、艺术化了，形象地表明其在为人和治学方面的指导意义。

这阕词继承了岳飞名作的传统，针对时弊，深刻精准而又艺术地诠释了为学之道，格高调遒，洵为力作。

丘成桐先生不仅在数学方面获得了各种国际大奖（包括被认为是数学诺贝尔奖的菲尔兹奖），而且文史哲功底深厚，诗词歌赋俱佳，是将科学与人文融会贯通的典范。

（邱才桢　书）

韩景阳

女，1955年生，研究员。清华大学荷塘诗社顾问，清华大学校务委员会副主任。曾任清华大学党委副书记、纪委书记。1977年考入清华大学自动化系，毕业后留校工作。

七绝·读梁启超《君子》

韩景阳

梁公一语同方静，砥砺学人君子情。
顶立乾坤周易训，休言顺逆举帆行。
（2019年11月23日）

【王玉明院士点评】

众所周知，梁启超是满清末民国初著名思想家，清华国学四大导师之首。这首七绝首联是说，梁公在清华同方部讲学，学子们静静地聆听，深深受到勉励，决心培育自己的君子之情。下联是说，梁公根据《易经》提出了著名的清华校训：“天行健，君子以自强不息；地势坤，君子以厚德载物”，践行这个校训就能够不顾顺逆，奋勇向前，做一个顶天立地的人。此诗文字虽短，立意高远，蕴含丰富，寓情于理，启智砺人，是为好诗。

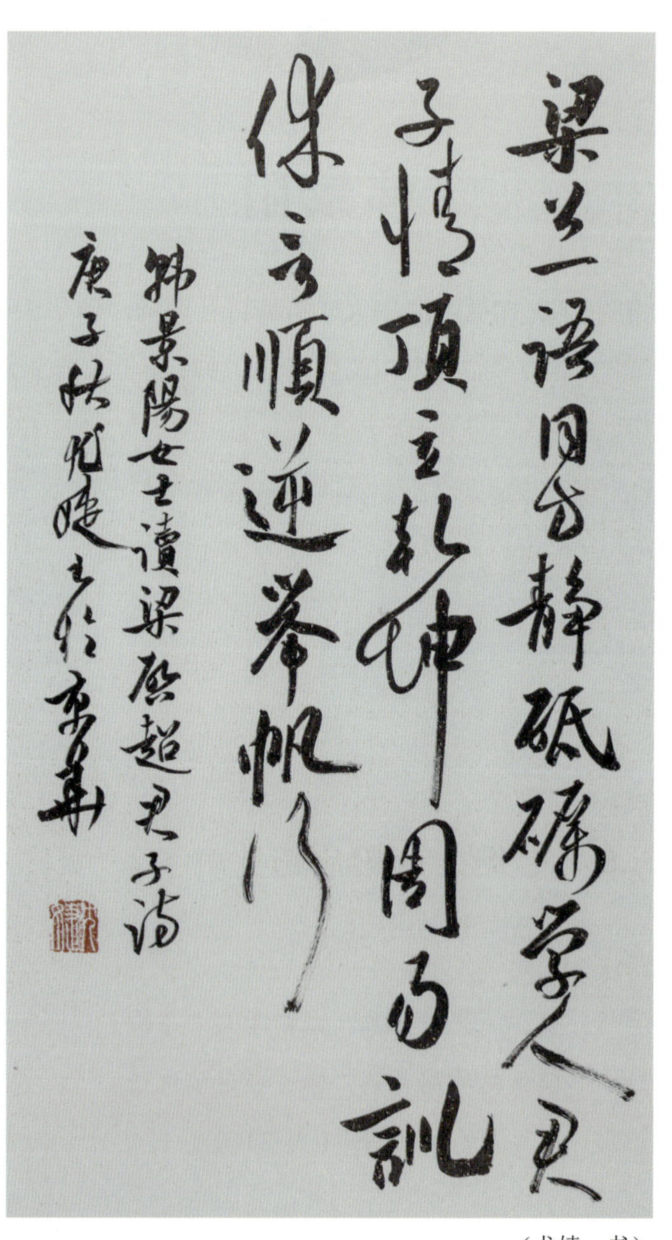

（尤婕　书）

谢立军

女，1957 年 3 月生。副研究馆员，2000 年进入清华大学工作，曾任清华大学人文社会科学学院文科信息中心主任、清华大学图书馆人文分馆馆长、清华大学档案馆副馆长。现为中国女摄影家协会会员，中华诗词学会会员。

七绝 · 清华大学凯风人文社科图书馆

谢立军

凯风永驻学堂春，芸馆飞霞天地新。
白发青丝同逐梦，荷塘月色最宜人。
（2012 年 3 月 1 日）

【江岚先生点评】

切题自然，造语清新。三、四句虚实相生，浑然一体，手法高妙。

郭良实，美学博士，研究方向为中国书画理论与实践。2015 年进入清华大学美术学院从事博士后研究，合作导师为陈池瑜教授。现就职于首都博物馆国内合作与民族考古研究部。

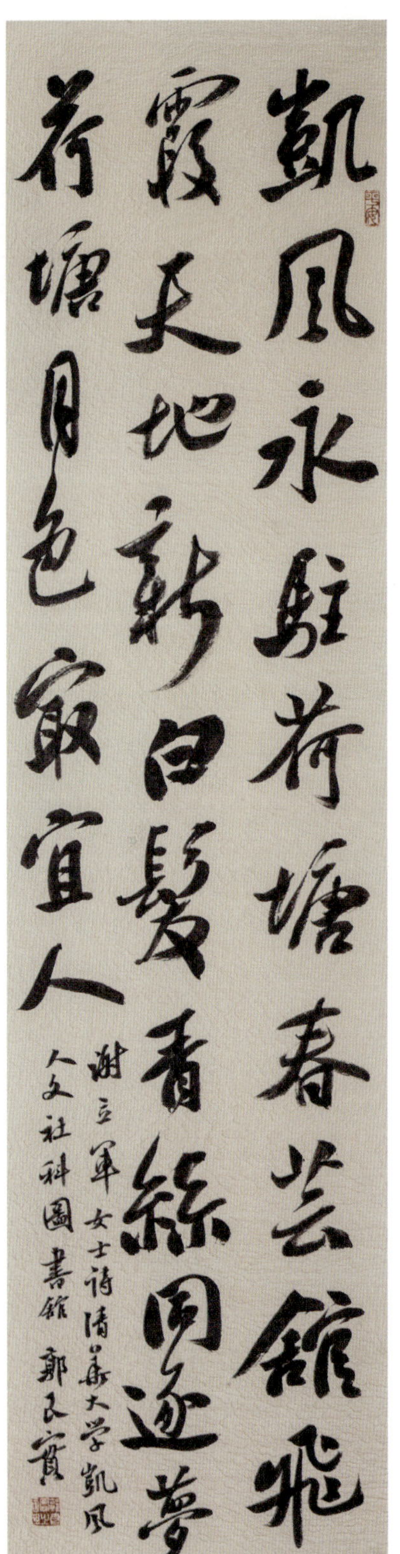

（郭良实　书）

七绝·新清华学堂

谢立军

一楼春雨百年晖，四海荆花万里菲。

紫气东来承盛世，新堂更见凤麟飞。

（2011 年 2 月 24 日）

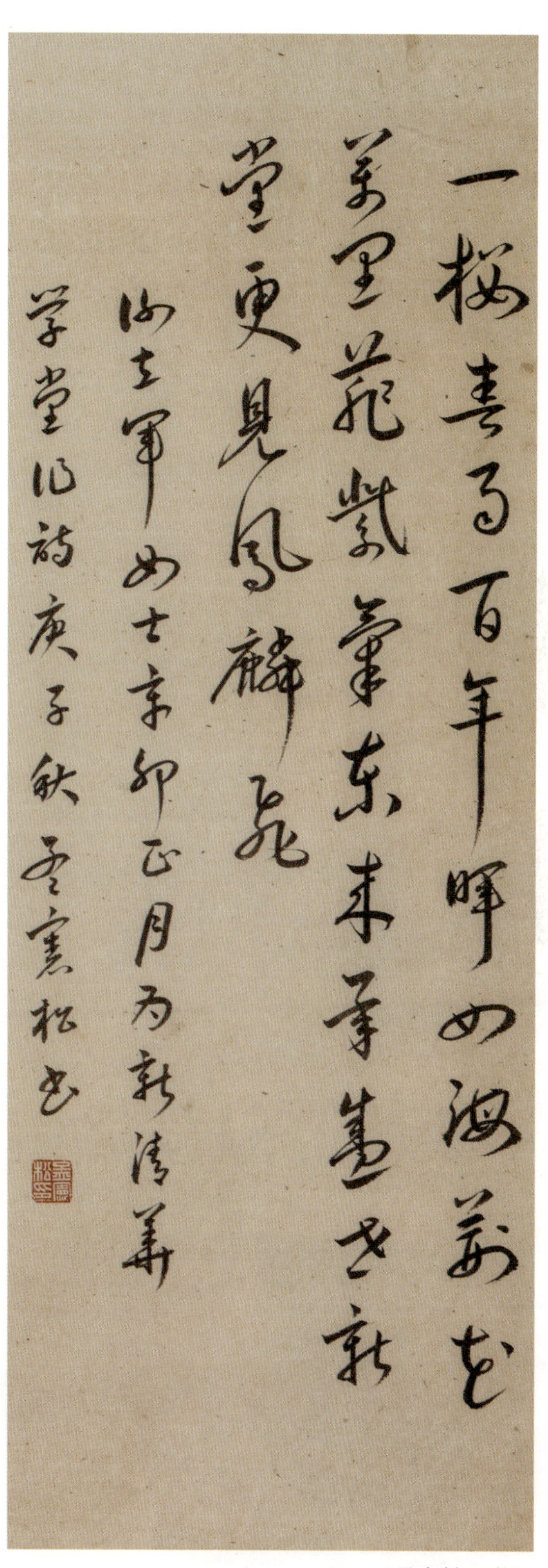

（孟宪松　书）

孟宪松，男，1960 年 4 月出生。1986 年 12 月在中央工艺美术学院工作，1999 年 11 月在清华大学美术学院工作。曾获得北京市教育工会颁发的“教书育人三十年”称号。

清華園

（王玉明　摄）

万俊人

男，1958年生。清华大学人文学院院长，清华大学首批文科资深教授，教育部长江学者特聘教授。美国哈佛大学“哈佛-燕京”学者、“富布莱特”访问教授，兼中国伦理学会会长、国家“马工程”之《伦理学》首席专家兼召集人、国务院中国人权学会常务理事等。出版学术专著《现代西方伦理学史》（两卷）等20余部，译著《道德语言》等20部（卷），迄今在海内外发表论文300余篇。

七律·静安先生碑谒

万俊人

清华园里一丰碑，世变中流国学维。
三境登高开胜域，五星汇聚领文魁。
义无再辱为君绝，忠在惟尊予命违。
野鹤闲云天岸意，孤帆远影尽霞微。

（戊戌初春）

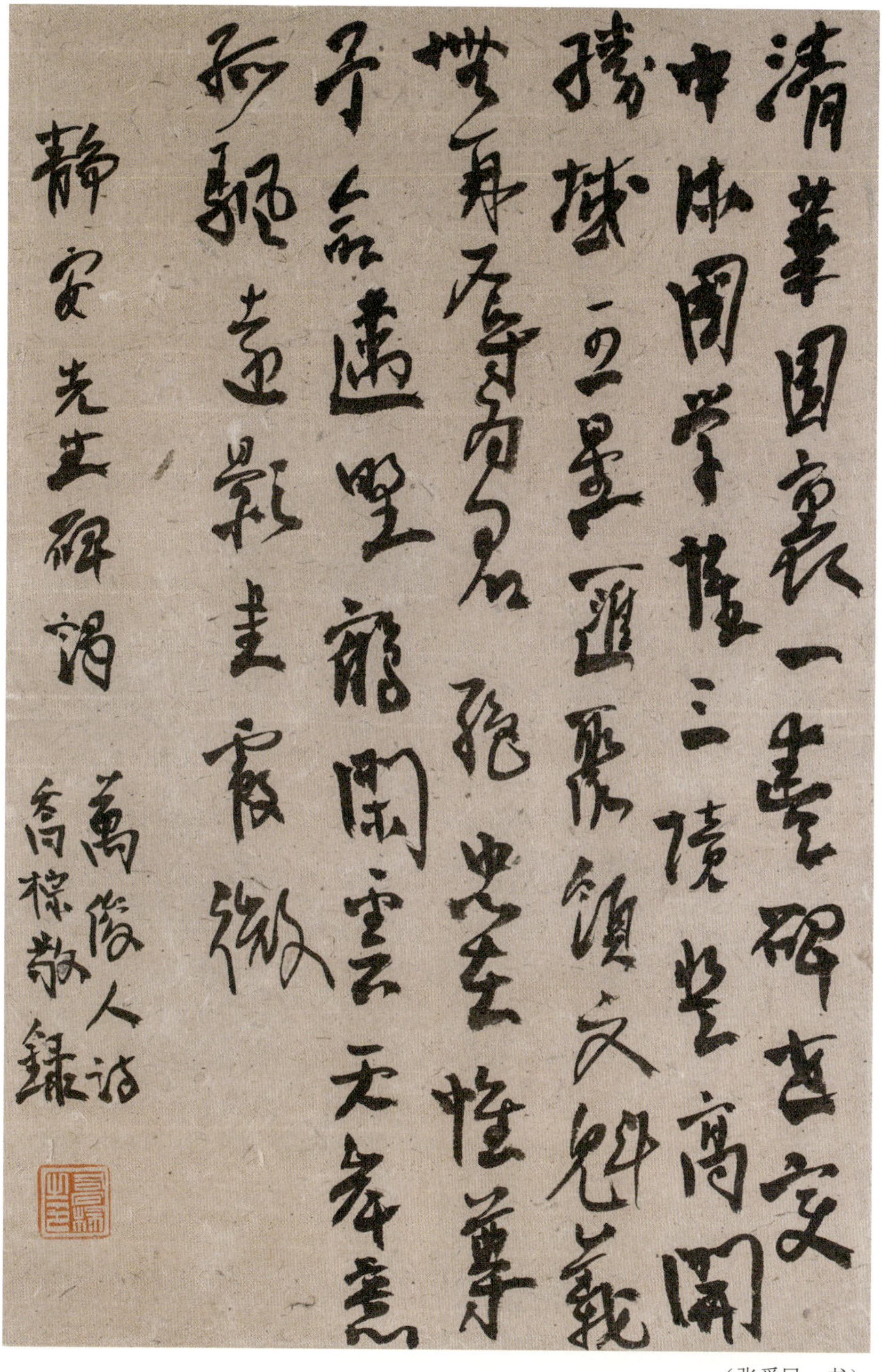

（张爱民　书）

张爱民，号乔棕，副教授，硕士研究生导师，清华大学美术学（书法）博士，在学术上重点关注古代碑帖与高等书法教育研究，主持教育部人文社科规划项目“汉魏六朝瓦文书法艺术研究”，发表多篇相关学术论文。

七律·清华大学2017年全校职工大会感吟

万俊人

幸有圆明镜上庠，百年克绍续新航。
清华梦入中华梦，古国光开大国光。
科技椎轮龙竞虎，人文浴火凤追凰。
黉门十翼腾云翥，望眼东方正艳阳。
（丁酉春）

【林峰先生（香港）点评】

读万俊人教授之《七律·清华大学2017年全校职工大会感吟》

百年克绍，十翼云翥。咏出了清华百年“科技椎轮龙竞虎”之动人心魄的发展现状。

颔联“清华梦入中华梦，古国光开大国光”乃全诗之精髓。诗情开阔，诗境高妙，耐人吟咏，余味无穷。上品也！

【宋彩霞女士点评】

此首读来豪气万丈。二联“清华梦入中华梦，古国光开大国光。”果然令人振奋。三联“科技椎轮龙竞虎，人文浴火凤追凰。”极尽力争上游之势。中间两联，气局严整，属对工切。尾联“黉门十翼腾云翥，望眼东方正艳阳。”以“东方正艳阳”作结，让人热血奔涌！光彩照人。一笔不懈，极见功力。清响浩荡，不愧作手。

【王玉明院士点评】

2017年春，清华大学召开全体教职员工大会，这在清华一百多年的历史中都是少有的。会前邱勇校长约俊人老师和我为此各写一首诗，以示祝贺。我的那首诗写的比较直白，而俊人兄的诗则更加文雅，由此可见其文学素养之深厚。

赵健，男，1966 年 1 月出生。清华大学美术学院视觉传达设计系教授，博士及硕士研究生导师。国际平面设计联盟（AGI）成员，中国美术家协会会员，中国文字字体设计与研究中心专家委员，清华大学美术学院书法研究所成员。

幸有圓明鏡上庠
百年克紹續新航
清華夢入中華夢
古國光開大國光
科技推乾龍竟需
人文浴火鳳追凰
黉门十翼騰雲翥
望眼东方正艷阳

萬俊人作 趙健书

（赵健　书）

七律·题《我与读书四十年》

万俊人

创刊复学幸同年，四十春秋闹市边。
笔底轻风云上鹤，亭间老窖酒中仙。
真言不辱千秋史，淡墨无痕一片天。
胜读从来言外意，文心敢奉少卿前。

（戊戌八月）

創刊復學幸同年四十春秋鬧市邊筆
底輕風雲上鶴亭間老窖酒中仙真言不
辱千秋史淡墨無痕一片天勝讀從來
言外意文心敢奉少卿前
萬俊人先生詩題我与讀书四十年 庚子秋陳思书

（陈思　书）

陈思，女，1988年生，中国书法家协会会员，北师大博士、清华大学艺术史论系博士后，现供职于首都博物馆民族考古研究部，清华大学中国艺术学理论研究所特聘研究员，音乐方面也有涉猎，为全国钢琴十级。

齐天乐·致清华人文校友词

万俊人

春风未改依杨柳，乡愁总在离后。卧岗碑铭，荷塘月色，梦里如约回首。藤萝石上，是夫子行吟，紫光雕镂。百载赓接，凤凰浴火学衡寿。　沧桑殊堪把酒，对青丝白鬓，星座云岫。一束芬芳，三声问候，几度呜咽湿透。清华水木，满眼燕归来，盛时天佑。与汝千杯，为人文不朽！

[戊戌仲春（清华大学107华诞）]

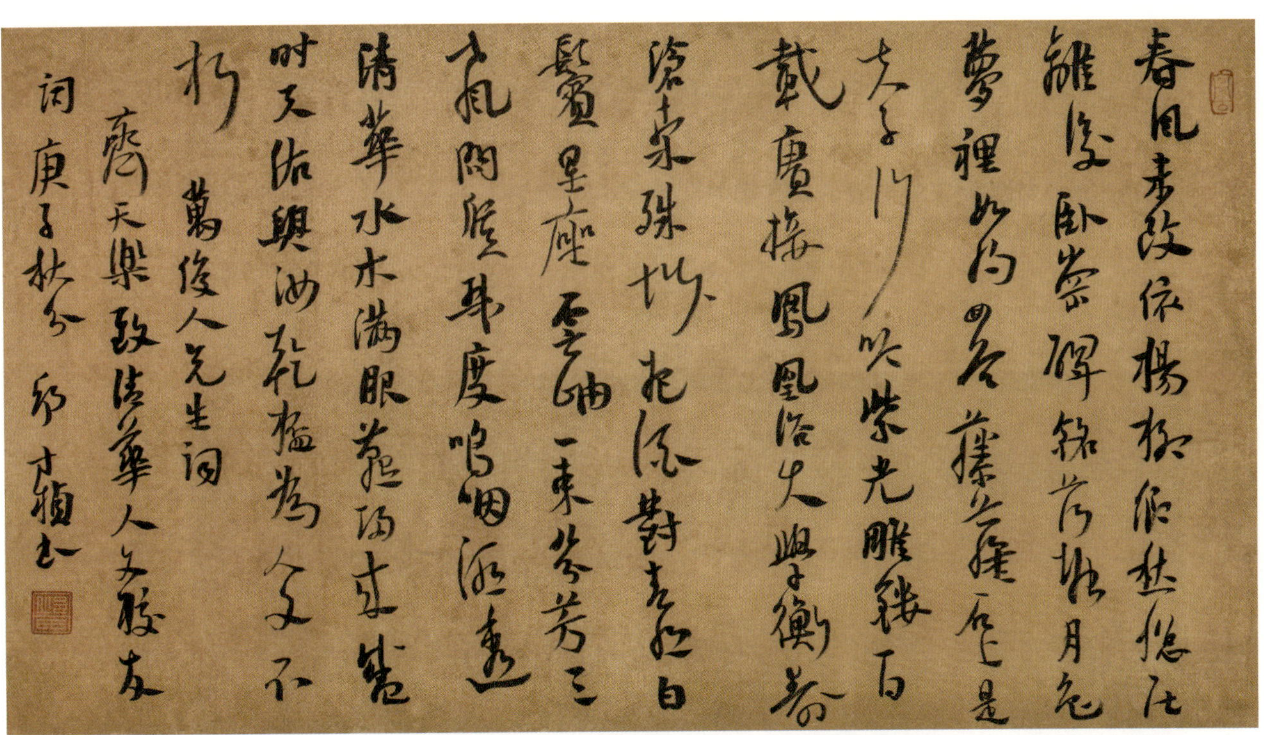

（邱才桢　书）

金缕曲·悼李学勤先生

万俊人

泪下梅时雨，泰山崩，黉门折栋，翰林失柱。辨释缀综亏圣手，孰许走出疑古？忍抛却，青铜甲骨。幸有分梳开两系，渡关津、赖以甄玄谱。翁去也，鹤云翥。　惯看隐约尘封处，炬如斯，文心烛照，慧言法乳。敢把陈醅重论煮，且与四堂一聚。断三代，犹追远祖。信史从知司马苦，报任安再奉千秋句。俯首听，先生语。

（己亥初春）

【林峰先生（北京）点评】

该词为挽史学泰斗李学勤先生而作。情深意远，景仰无限。一代宗师之学问修为、生平业绩皆一览无遗也，且词中化典无痕，如羚羊挂角，尽显词人浑厚圆融之学养胸襟。

（王玉明　摄）

晁岱双，男，1970年5月出生，山东嘉祥人，首都师范大学文学博士（书法文化方向），清华大学美术学院艺术学博士后，中国国家博物馆研究员，藏品保管部副主任，清华大学中国艺术学理论研究所特聘研究员，硕士研究生导师。

（晁岱双　书）

王革华

男，1961 年生于北京怀柔，研究员。1984 年毕业于清华大学自动化系，1987 年毕业于清华大学核能所管理工程专业（工学硕士），曾在农业部门从事农村能源和环境保护工作，2002 年至今供职于清华大学核能与新能源技术研究院，任清华大学工会荷塘诗社副社长兼秘书长。

七绝·清华园即景五首

（一）二校门

王革华

八方学子八年营，一段韶华一座城。
纵使足行千里远，他时相会泪盈盈。

【徐建明先生点评】

此诗为即景诗，极类口占，诗人经过清华大学二校门的时候，回忆起当年在清华求学的往事，故有“八方学子八年营，一段韶华一座城”的感慨，这让我想起了卢庚戌拍的电影《一生有你》，韶华是最美好的时光，尤其是大学生活，诗人将其比作八年营，可见对此间的深刻感情，后两句是诗人若干年后重回二校门的感受，虽然其间经过了若干年沧桑，但纵使已经足下千里，再次见到的时候，依然忍不住热泪盈眶。

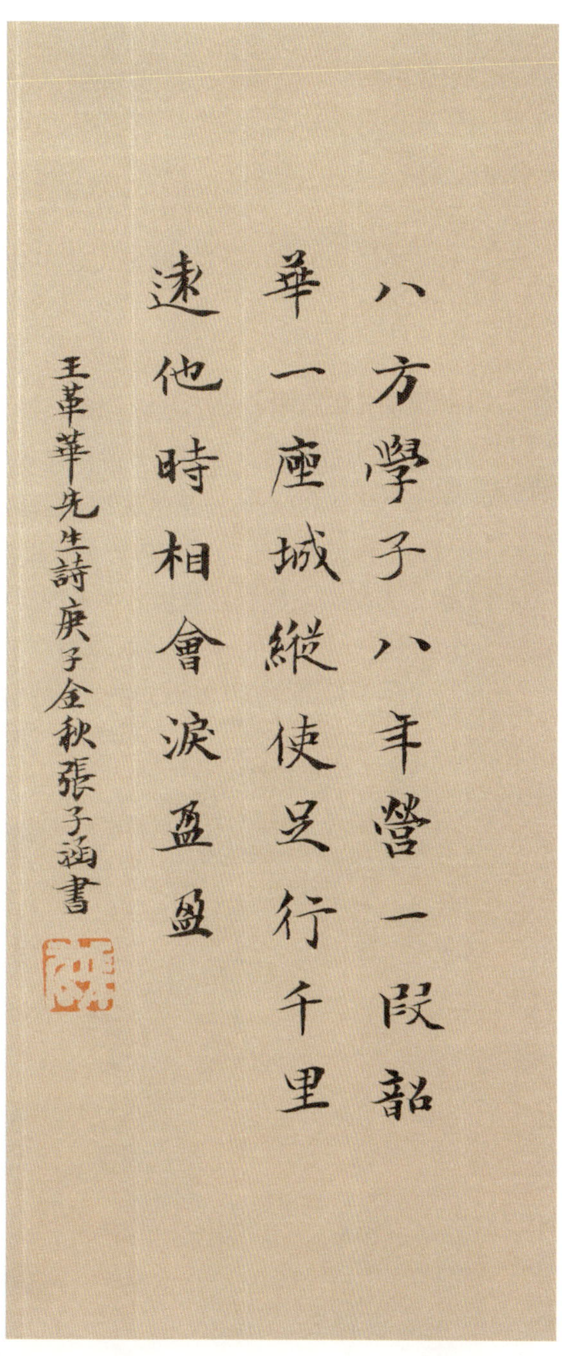

（张子涵　书）

张子涵，女，1998年9月出生于山东青岛。清华大学工业工程系2016级本科生，在校期间获得2017北京大学生书画艺术作品展北京市金奖第一名，全国第五届大学生艺术展演活动书法篆刻类三等奖。现就读于康奈尔大学。

（二）清华学堂

王革华

百年学府百般情，几度春秋几许耕。

思国思民思宇宙，不求富贵不求名。

【徐建明先生点评】

此诗为诗人经过清华学堂时的即兴之作，清华学堂是清华早期四大建筑之一，已经有百年历史，曾经是王国维、梁启超等国学大师执教的地方，作者经过清华学堂时，想起清华大学的百年历史和百年耕耘，依然牢记入学时的初心，为国为民，不求富贵功名，颇有几分侠之大者的意味。

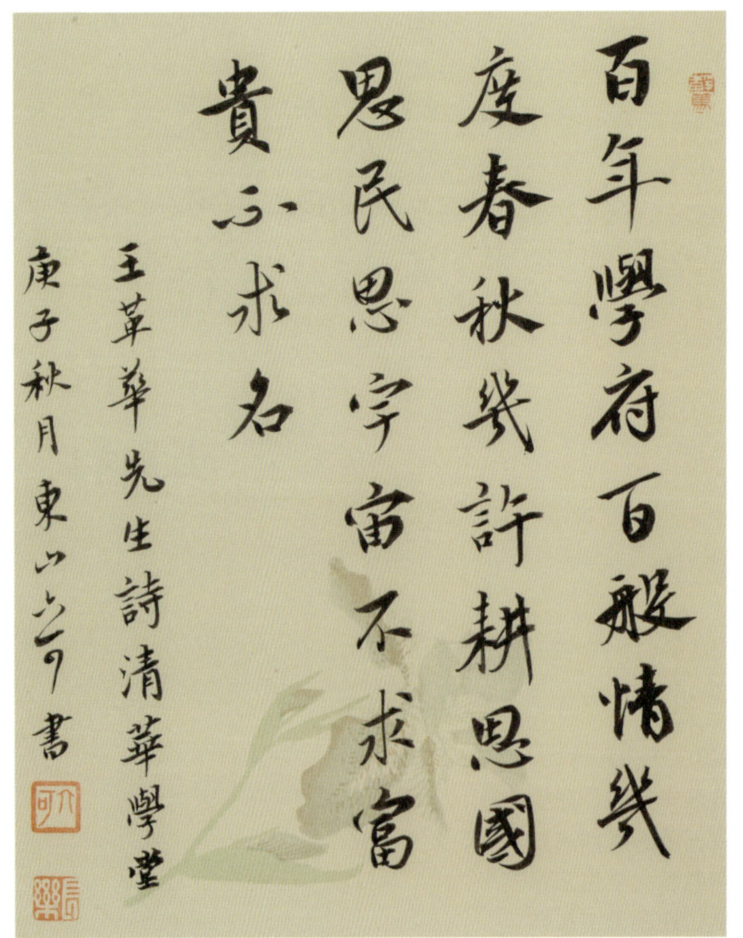

（孔祥腾　书）

孔祥腾，男，1985年11月出生于山东临沂，清华大学公共管理学院2014级公共管理硕士，现就职于中华人民共和国水利部。

（三）图书馆

王革华

应知此处胜轩庭，心上弦歌天上星。
莫问凡间喧闹事，书香澹澹最空灵。

【肖红缨女士点评】

读罢此诗，我不禁脱口而出：“谁知尘世里，何处绝喧嚣。”并立刻从这里找到了答案。“应知此处胜轩庭，心上弦歌天上星。”起句新颖独特，与其说把堪比“知识的殿堂，学者的天堂”的图书馆形象呈现给了读者，不如说把汪洋大海，浩瀚星空带到了读者面前，觉来不无畅神思。而节句“书香澹澹最空灵。”又峰回路转，尘埃荡尽，让人于喧嚣处保持宁静致远。整首诗构思巧妙，立意高远，足见诗人性情之洒脱，境界之超脱。

陈池瑜，男，1956 年生，清华大学美术学院教授、博士生导师、中国艺术学理论研究所所长，清华大学《艺术与科学》辑刊副主编、《中国艺术学》辑刊主编，享受国务院政府特殊津贴专家，全国教育书画协会高等书法教育分会顾问，全国艺术学学会常务理事。

應知此處勝軒庭
心上弦歌天上星
莫問凡間喧鬧事
書香澹澹最空靈
敬録王革華先生七絶圖書館 庚子金秋 陳池瑜

（陈池瑜　书）

（四）水木清华

王革华

红墙碧水自清亭，四季清风抚落英。

美景园中何处觅，紫荆花下读书声。

【肖红缨女士点评】

短短七言绝句二十八字，红墙、碧水、自清亭，清风、落英、紫荆花，美景、寻觅、读书声，如行云流水，虚实相间，动静相宜，错落有致，清华元素尽显其中。读罢此诗，顿觉水木清华，天光云影在徘徊。不由得名园景致，如影随形在眼前。此景斯情，怎不叫人心生眷恋，流连忘返。用“紫荆花下读书声”做结句，让钟声缭绕，清韵朗朗的百年学府印象跃然纸上，意犹未尽，遐想连篇，足见作者笔力之老到，构思之精妙，实乃佳作。

（王玉明　摄）

红墙碧水自清亭，四季清风绕落英。美景园中何处觅，紫荆花下读书声。

王革華先生詩 水木清華

庚子秋 郭良實

（郭良实　书）

（五）荷塘

王革华

月下荷塘水不兴，塘中荷月两相凝。

幽幽小径弯弯柳，一叶心舟系永恒。

【宋彩霞女士点评】

此荷塘果然清净安宁，切题而疏俊，有条不紊。中规中矩，攻其一点，未论其他。人塘双绾。语意流畅。风调冲和。漫不经心，亦不吃力。语言亲切，景物生动，有入口即消之妙。起结句好，结句更佳。尾句“一叶心舟系永恒”亦风流自赏，令人色喜，与首句对接。呼应主题，自然入妙。

【王玉明院士点评】

彩霞诗家点评极其精彩，完全同意。

我想补充说几句。革华诗词风格是题材广泛，自然流畅而风趣十足，新声韵古声韵两栖。对其他文艺如朗诵、话剧、唱歌、曲艺等的爱好，对他写格律诗也起到了很好的促进作用。

（王玉明　摄）

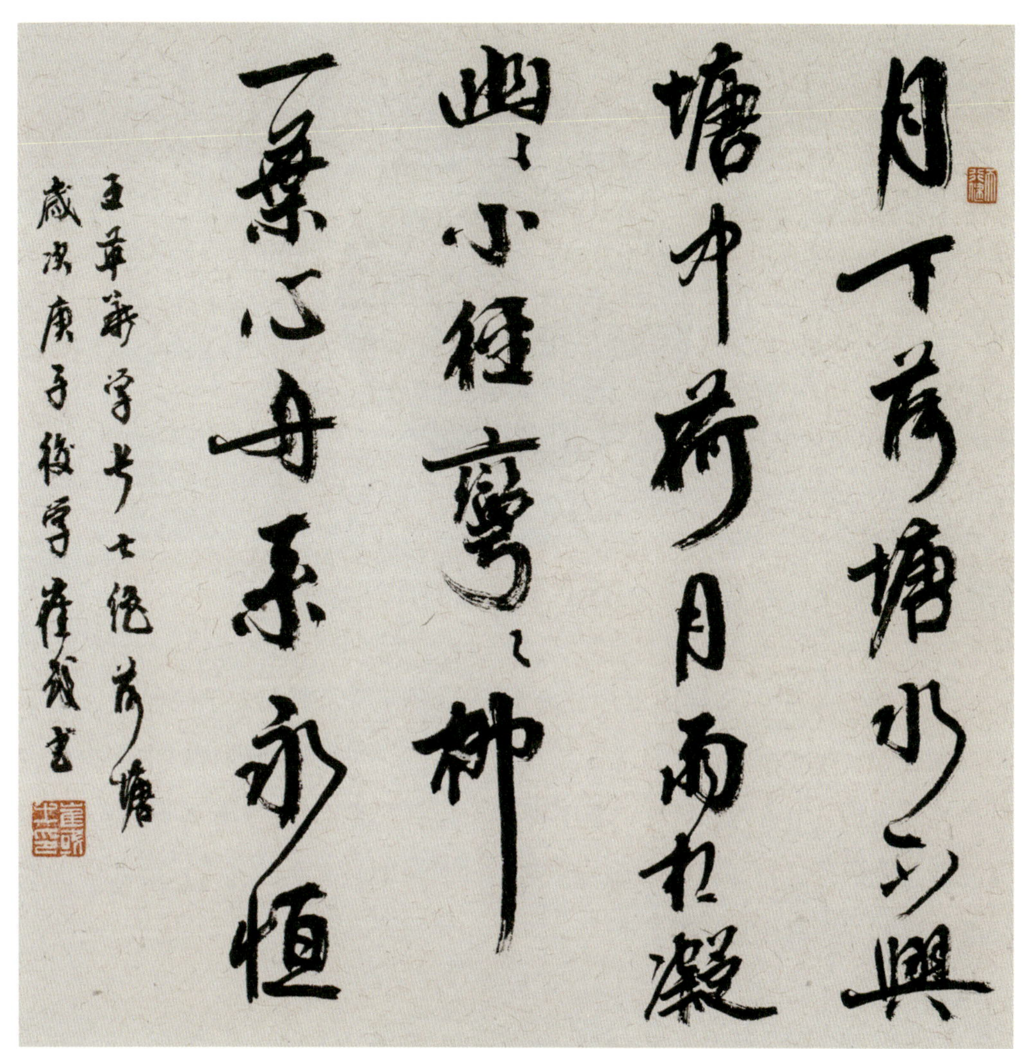

（崔彧　书）

孙明君

男，1962年生，文学博士，甘肃静宁人。清华大学人文学院教授、荷塘诗社副社长，第十一届北京市高等学校教学名师。主要讲授课程：中国古代诗歌研究与赏析，中古诗歌研究，老庄研读。主要著述：《汉末士风与建安诗风》《三曹与中国诗史》《汉魏政治与文学》《两晋士族文学研究》《南北朝贵族文学研究》《新斋小语》等。

七绝·荷塘雨课堂

孙明君

序：庚子春，新冠肺炎肆虐，清华启用雨课堂授课。

设计翻新试播忙，无边丝雨润池塘。
山川异域未妨学，传道何曾隔异乡？
（2020年2月18日）

【韩倚云女士点评】

起句不凡，“设计翻新”与“试播”幽默中带有几分辛酸，足见诗人技术之高超，且是古人难道之句。第二句如同摄影，把镜头对准窗外，“雨润池塘”是双关，一句景语表达了几分无奈。“山川异域”在此时更是双关，传道致异乡，也是双关，广义的传道不会受时间与地域的限制；狭义的传道自然指老师远程传授网课。“异”字用了两次，更无妨，如同叶绍翁的《游园不值》，用了两个“不”字。诗歌合为事而作，私以为突发事件，会产生与突发事件相关的文学作品，从而会有流传千古的佳作，先生此首定会传世。

設計翻新試播忙
無邊絲雨潤池塘
山川異域未妨學
傳道何曾隔異鄉
孫明君先生詩
庚子秋軍峰書

（贺军峰　书）

七绝·夜游校园

孙明君

华灯空照学堂路，风动琼枝鸟自鸣。
鹿洞他宵还论道，燕山月朗九州明。

（2020 年 5 月 11 日）

【韩倚云女士点评】

一词“空照”直接点明了清华大学整个校园之孤寂，“燕山月朗”亦点明主题，毕竟燕山地处首都位置。

【王玉明院士点评】

此诗写的意境空灵，韵味十足，好诗！

明君老师是获得中华诗词终身成就奖的霍松林先生的嫡传弟子（博士），而霍老先生生前曾经为我的第一本诗集《王玉明诗选》撰写序言，从这个意义上来说，我们俩还有点“同门师兄弟”的味道呢！

（王玉明　摄）

迟鹏，男，1969 年 7 月生于北京。1993 年 7 月清华大学建筑系毕业，获建筑学学士学位。自幼喜好书法，在学习工作之余，常心驰于书法天地，乐此不疲。

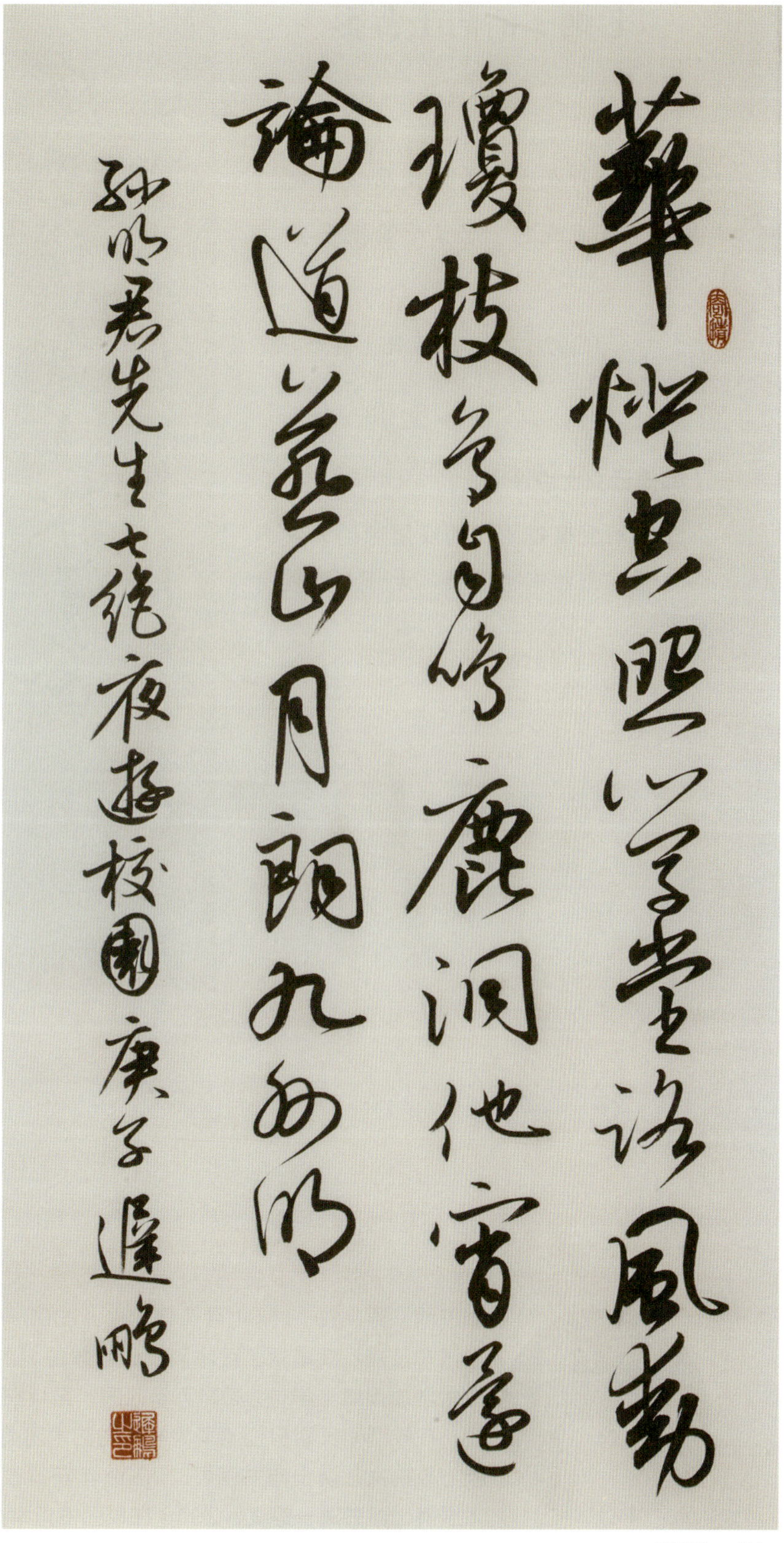

（迟鹏　书）

七绝·清洁工背影

孙明君

疫情难灭行人少，美景良辰心不欢。
身后花枝无暇赏，思亲千里报平安。

（2020 年 4 月 7 日）

【韩倚云女士点评】

描写受瘟疫困扰的底层劳动人民内心之苦，自然灾害侵袭，无一人能置身事外。

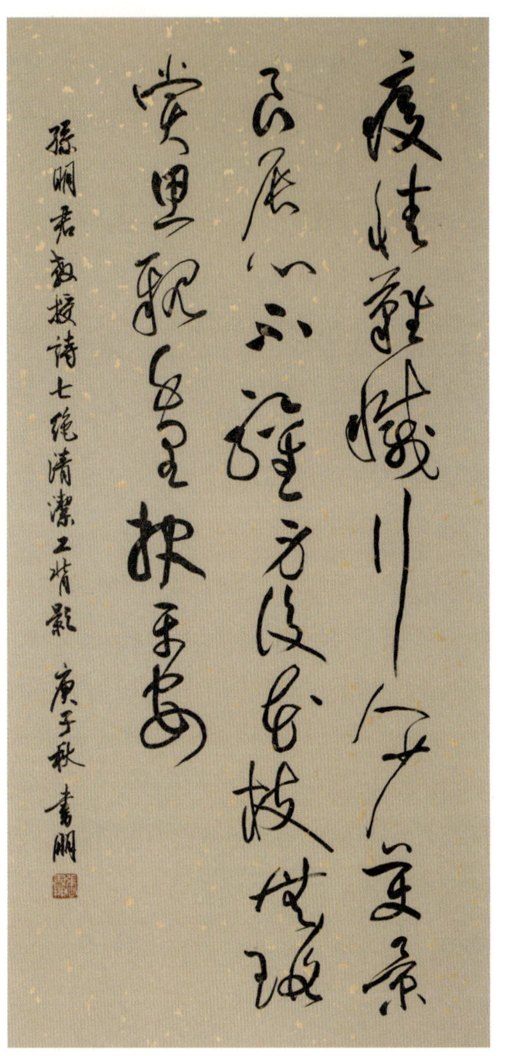

（张书朋　书）

张书朋，男，1983 年 4 月 7 日出生。2002—2009 年就读于清华大学汽车工程系获车辆工程本科及硕士学位，2010 年赴美国密歇根州立大学攻读博士学位。2017 年回国，至今在深圳技术大学担任副教授。在校期间长期担任清华大学学生艺术团美术社骨干，多次负责和参与校内文艺演出与书画展。2009 年获得教育部主办全国大学生艺术展演比赛书法一等奖，2010 在校图书馆举办个人书画展。

七绝·夏日偶书

孙明君

六月气清晴霁好，乌云忽起蔽余晖。

新楼久俟学堂静，紫燕南飞何日归。

（2020 年 6 月 14 日）

注 2020 年 6 月 12 日北京疫情反弹。

【韩倚云女士点评】

以“新楼久俟”学子之反衬手法，强烈地反映了瘟疫造成的危害，作为全国双一流的高校校园，“久俟”学子返校之孤寂，胜过“静女其姝，俟我于城隅”。

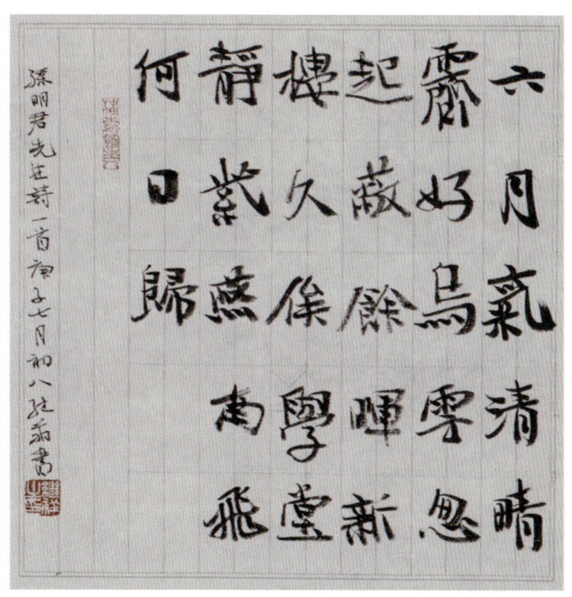

（闫继翔　书）

闫继翔，1986 生，河南平舆人。现为郑州大学书法学院讲师，兼任《大学书法》杂志编辑。首都师范大学书法博士、清华大学艺术理论博士后、中国书法家协会会员。在《中国书法》等专业期刊发表书学理论文章二十余篇，出版个人专著两部。书法作品多次参加各种比赛、展览并获奖，作品发表于各级报刊，被多家单位收藏。主持、参加“袁克文的人生与书法”等省部级科研项目。

刘石

男，1963年生，先后毕业于四川大学、北京师范大学，现为清华大学中文系教授，从事中国古代文学和文献学教学与研究。业余偶习作诗歌，深知诗有别才，不易为也。

五绝·清华教授书画巡展诗会

刘石

福建诏安县诗画之都，诏安红星乡青梅产地，戊戌岁末清华大学十六教授书画巡展，适逢其一年一度诗会。时值腊月，梅花竞放，煦日和风，山明如洗。诗会幕天席地，环以数十里梅香雪海，北客来此，若临仙境，即席口占，以助兴云。凭、论平仄两读，此处皆宜读仄。

客自北方来，襟怀一洗开。

英雄凭谁论，煮酒有青梅！

（2019年1月）

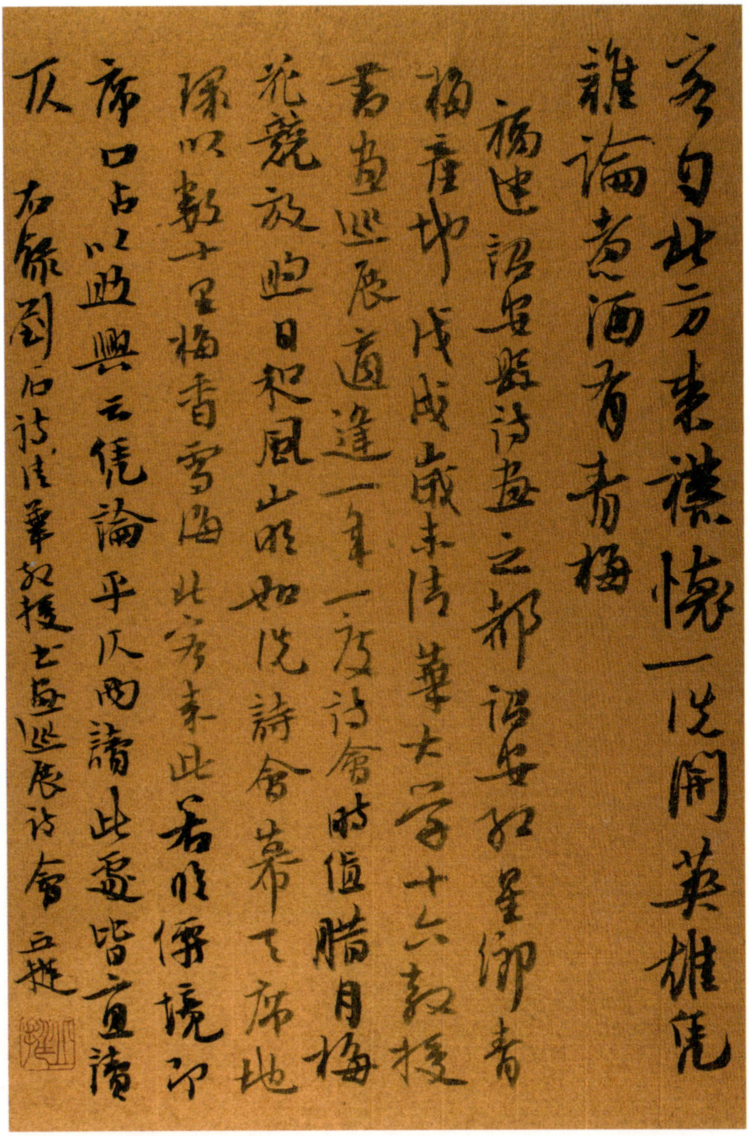

（丘挺　书）

丘挺，1971 年生于广东，1992—2000 年就读于中国美术学院国画系获本科及硕士学位。2004 年 1 月获清华大学美术学院博士学位。中央美术学院中国画学院副院长，山水画系主任，教授，博士生导师。作品被故宫博物院、中国美术馆、波士顿美术馆等机构收藏。

七绝·海淀政协改革开放四十年书画展索题

刘石

回首苍茫四十春，千心共造万吨轮。

帆悬必得凭风力，开改方为定海针。

（2019 年 6 月）

【林峰先生（北京）点评】

人尽皆知，时政诗词最不易为。而此诗却写得形象生动，情趣盎然。遣词造句，尤其驾轻就熟。诗人以万吨巨轮乘风破浪喻神州华夏复兴之势不可阻挡，以定海神针岿然不动喻顶层中枢运筹之策远瞩高瞻。前后设比，皆恰到好处，可谓匠心独运，出语不凡。

【韩倚云女士点评】

二十八字，把改革开放后的成就表达得甚是透彻。“帆悬必得凭风力”用“好风凭借力，送我上青云”之典，而无痕迹。“开改”乃当代词汇，用古诗歌颂当代繁荣景象，融合得炉火纯青。

（王玉明　摄）

回首蒼茫四十春，千心共造萬吨輪。
帆懸必得憑風力，開改方爲定海針。

右錄劉石先生海淀政協改革開放四十年書畫展索題詩一首

杨曉輝書

（杨晓辉　书）

五言古诗·排闷

刘石

病毒岁岁有，今岁不一样。
本自蝙蝠来，形竟似冠状。
初染无知觉，渐具感冒相。
终成玻璃肺，呼吸遂不畅。
幽灵肆其虐，神州遭重创。
逮知人传人，举世便振荡。
公家火急令，封城兼空巷。
居似鼠宅窟，食如猪增壮。
所赖因特网，疫情知消涨。
镇妖三座山，南山最所望。
地球总动员，出力不遑让。
就中红十字，小心别上当。
愧我无所能，何以献力量？
唯有独善身，坚不出门逛。

（2020 年 1 月）

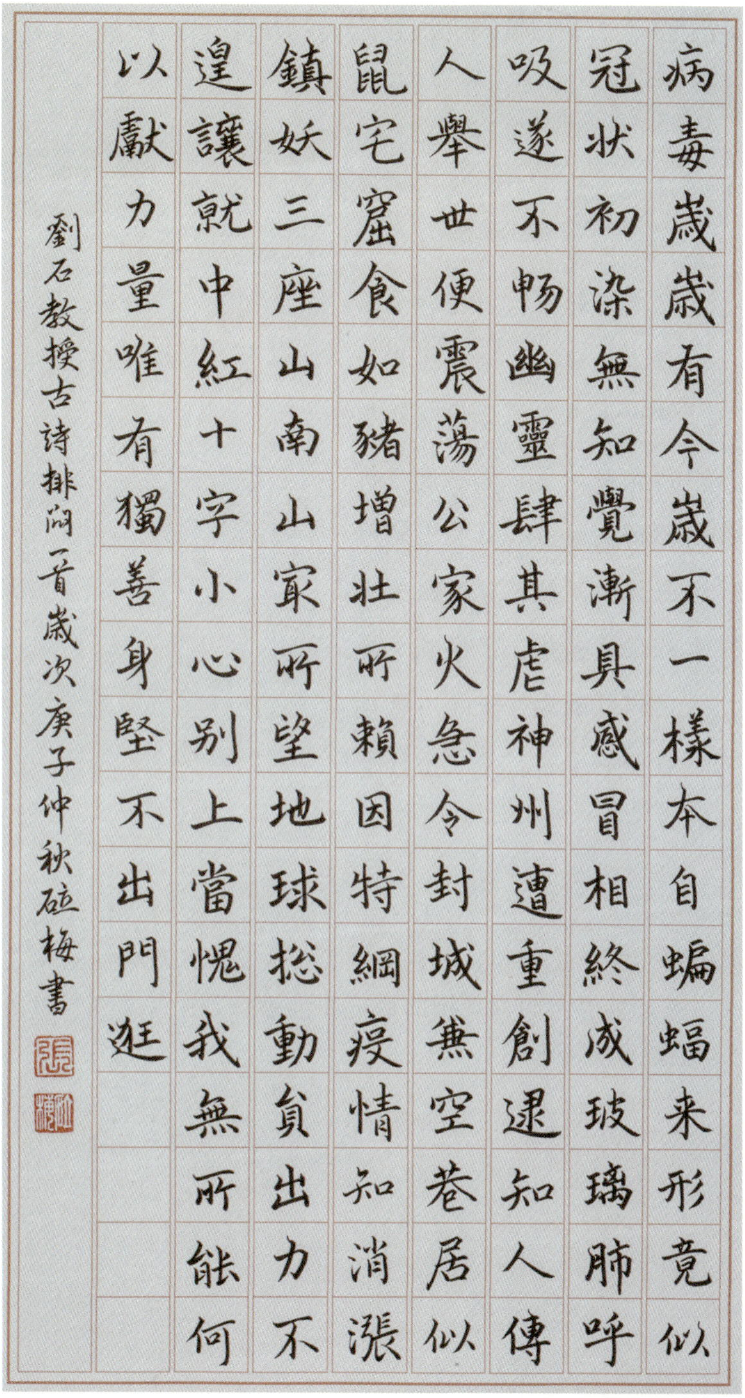

病毒歲歲有今歲不一樣本自蝙蝠来形竟似
冠狀初染無知覺漸具感冒相終成玻璃肺呼
吸遂不暢幽靈肆其虐神州遭重創遠知人傳
人舉世便震蕩公家火急令封城無空巷居似
鼠宅窟食如豬增壯所賴因特網疫情知消漲
鎮妖三座山南山家所望地球捴動員出力不
遑讓就中紅十字小心別上當愧我無所能何
以獻力量唯有獨善身堅不出門逛

劉石教授古詩排悶一首歲次庚子仲秋砬梅書

（张砬梅　书）

张砬梅，女，1970年9月生，1989—1993年就读于清华大学美术学院（原中央工艺美术学院）染织服装设计系染织设计专业。

五言古诗·谢韫辉院士惠示新作

刘石

诗不足观，然句句写实，是可贵也。

忆昔老杜言，敏捷诗千首。
移以论韫公，未知然与否。
足迹遍七洲，诗材随处有。
国是与民艰，秋风兼春柳。
状若不经心，斟酌不偷苟。
虽无颔下须，叩遍圈中友。
倾蒙惠新篇，字字蛟龙走。
所以叶迦陵，赞叹不绝口。
方知科学家，诗中斫轮手！

【王玉明院士点评】

刘石教授得国学大家启功先生之真传，曾任清华大学人文学院副院长兼中文系主任，是学者兼诗书方家，能够得到刘教授的认可和鼓励真乃荣幸之至！希望以后继续指导在下，以求新境。多谢！

憶昔老杜言敏捷詩千首移
以論韞以來知然與否豈迄
遍七洲詩材隨處有國是與
民艱秋風重春柳狀善亦雅
心斟酌不偏尚雖無頷下須叩
遍園中友傾蒙惠新篇字字
蛟龍走所以葉迦陵贊歎不
絕口方知科學家詩中斫
輪手

劉石先生詩

庚子秋六可書

（孔祥腾　书）

七绝·和杜鹏飞老师《清华园初雪》

刘石

清华园已亥初雪，清华大学艺术博物馆杜鹏飞教授出图九帧，其一为其馆前雕塑群像，又配诗曰：“清园雪后亦堪夸，素裹银装景最奢。美艳满屏都似画，拈来共赏莫嗟呀。”余因见四大导师袖手立于风雪之中，似有畏寒意，遂起不忍人之心，戏和一绝云：

拈来堪赏亦堪嗟，雪霰着身脸冻麻。
岂是导师甘袖手，神州尽绽太平花。
（2019 年 11 月 30 日）

【韩倚云女士点评】

将雪喻为太平花，乃诗人之创新，且古人难为。雪乃无色纯净之物，大雪时江山笼统，作为清华的导师，不由得为之欣喜，落于笔下，便是精美的诗篇。

孙瑞明，男，1958 年 1 月生，首都师范大学书法艺术本科毕业，中国书法家协会会员，曾任清华教工书协会长。作品参展“第二届中国书坛新人展”“北京书法家作品展”“北京市九人书法展”，作品及文章见诸报刊。多年从事书法教学，曾在清华大学艺术教育中心、学生书画协会、老年大学、附中、附小授课。2013 年 10 月在校举办个人书法展，展出作品 43 幅。

拈来堪賞亦堪
嗟雪霰着身臉
凍麻豈是導師
甘袖手神州畫
綻太平花

劉石先生清華園初雪一首 庚子秋瑞明

（孙瑞明　书）

堂

（王玉明　摄）

张凤桐

男，1964 年生于黑龙江，曾获工学学士和工学博士学位。清华大学校工会荷塘诗社和剧艺社社员，清华大学荷塘诗社副秘书长，现在河北清华发展研究院工作。

天净沙·初夏荷塘

张凤桐

长椅岸柳蛙鸣。拱桥亭榭浮萍。碧水飞鸿倒影。夏初新景。去寻荷上蜻蜓。

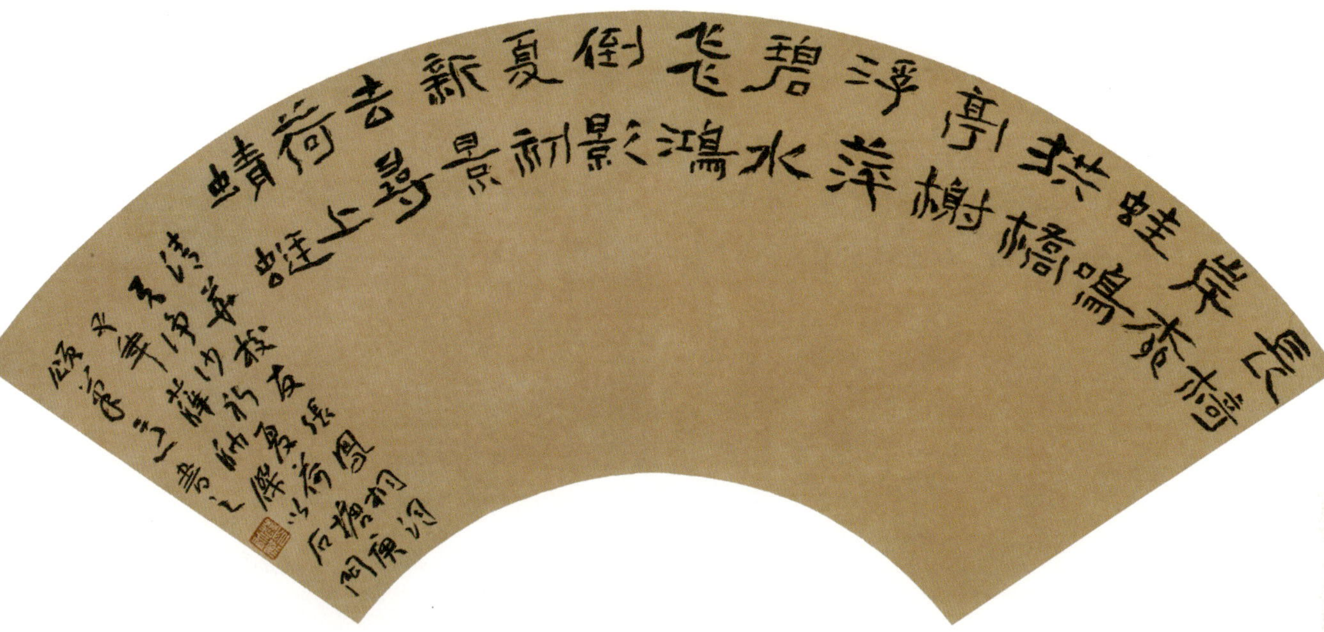

（薛帅杰　书）

薛帅杰，清华大学艺术学理论博士后。论文二十余次入选全国书法理论研讨会。发表论文五十余篇，主持省部级课题两项，出版专著五部。现为中国美术馆副研究馆员，兼任清华大学博士后校友会艺术专委会副会长兼秘书长。

行香子·新清华学堂

张凤桐

抹朱红，环玉为妆。斜阳做镜上花黄。春风拂袖，移步留香。盼人声沸，铃声响，笑声扬。　朝来梦醒，山河无恙。喜鹊登枝舞身狂。呼朋唤友，大醉三场。任酒花翻，灯花落，泪花忙。

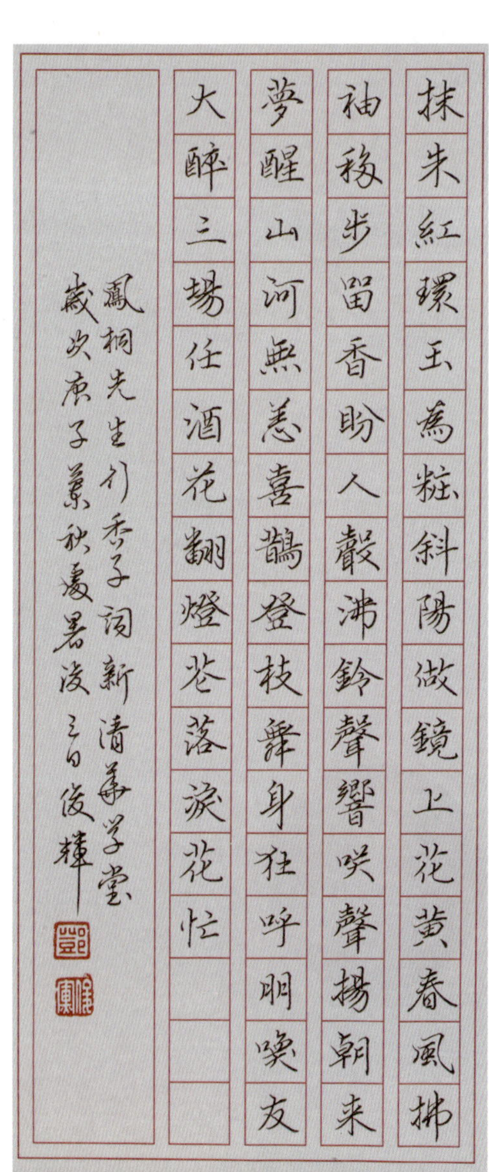

（邓俊辉　书）

邓俊辉，清华大学计算机系教授。江西南昌人，1970 年出生，1988 年考入清华大学，分别于 1993 年、1997 年获得计算机科学与技术专业工学学士、博士学位，此后留校工作至今。自幼爱好并学习书法，现任清华大学教工书法协会理事，讲授本科生艺术通识课“硬笔书法赏析与实践”。

浣溪沙·六月荷塘

张凤桐

六月鸣蝉夏影长，小荷初露沐斜阳，蜻蜓起舞送微香。　鱼戏浪花千百朵，水生菡萏几多行，自然随处写华章。

【江岚先生点评】

俨然一幅夏日荷塘的速写，意象繁富而层次井然，且气韵生动，音节流转，堪称写生高手，小令佳作。

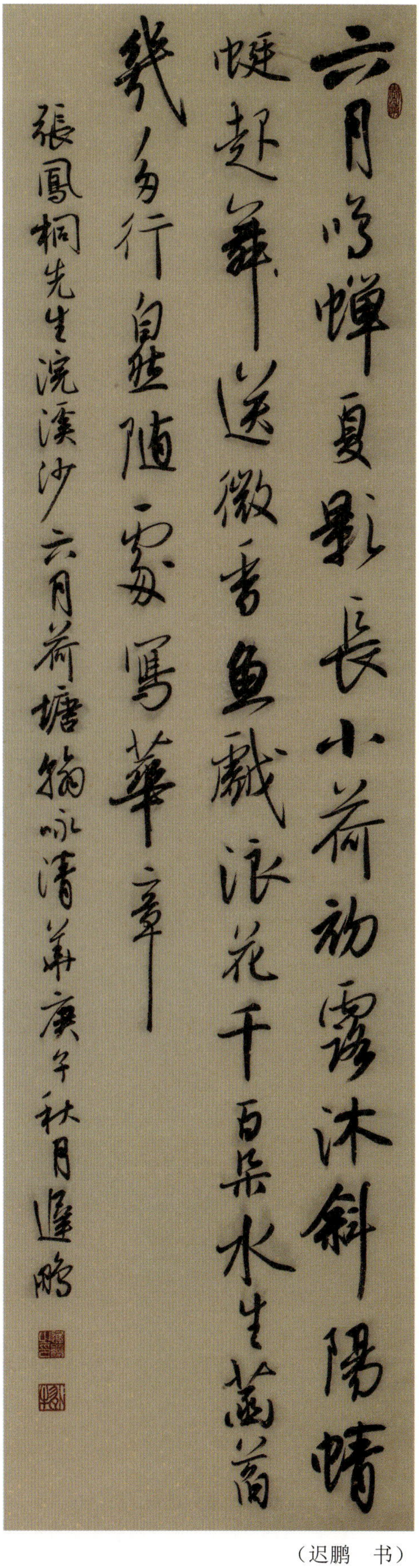

（迟鹏　书）

汤云柯

男，1966 年 5 月生。清华大学热能工程系本硕博，清华海峡研究院首席经济学家。幼承家学，喜欢历史和古诗古文，虽毕业后一直从事投资和金融行业，但业余时间笔耕不辍，其文集《三杯淡酒一壶茶》、格律诗选《敢凭诗酒论湖山》以及为儿童学习古诗和甲骨文主编的《千秋好诗词》《千秋好文字》等深受读者喜爱。

七律·毕业三十年聚会感怀（新声韵）

汤云柯

岁月杯中琥珀光，人生重聚总堪狂。
怎将白发分先后，谁与青山论短长。
身在江湖常任性，胸怀天地有担当。
童心依旧文章老，笑看千帆下五洋。

注 2017 年 4 月，母校清华大学 106 年校庆，与三十年前同窗好友欢饮，写于北京。

【莫真宝先生点评】

汤博士以工科博士而职金融实务，转事经济学研究，颇具皓皓之明与赫赫之功者，何也？盖以其情系天下而诗心永驻也。观其“身在”联，一派担当有为之意，狂放不羁之情，实禀“自强不息”“厚德载物”之精神而有以发之。昔人尝云：“诗言其志也。”信然。

王海钧，原名王海军，男，黑龙江人，1975年生。首都师范大学文学博士（书法方向），清华大学艺术学博士后。现在从事人工智能与传统文化相结合的研究工作以及高等书法教学研究工作。

（王海钧　书）

七绝·题清华园石榴树（新声韵）

汤云柯

仗剑天涯不忘根，十年树木百年恩。
秋光又照家国事，流火丹霞一片心。

（2019 年 10 月 1 日）

注 时逢 70 周年国庆，十二年前我们捐赠给母校的石榴树硕果繁枝惊艳校园，欣然题诗以记，并并祝家国兴盛，百姓安康。

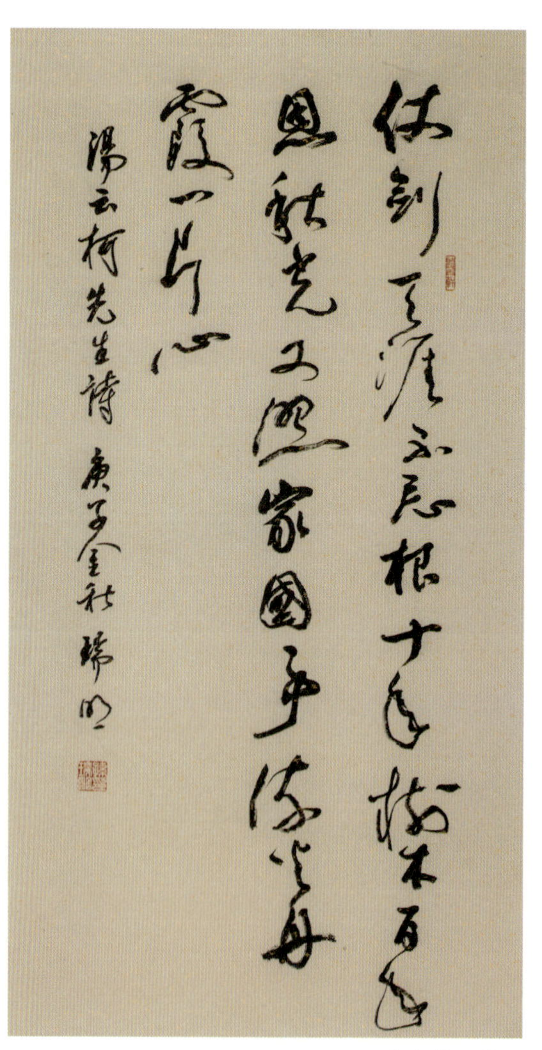

（孙瑞明　书）

七绝·电影《无问西东》观后（新声韵）

汤云柯

家国百岁几飘零，过尽红尘水木清。

但有此心能固守，一生风雨任西东。

（2018 年 1 月 18 日）

观后记：电影《无问西东》是为纪念清华大学百年校庆而拍的，所以片名取自清华大学校歌歌词里的一句“立德立言，无问西东”。

影片从第一代清华人吴岭澜在实业致富的诱惑下安然择文任教的“喜我所喜，无问西东”，第二代清华人沈光耀在国家危亡关头毅然从军赴难的“行我所行，无问西东”，第三代清华人陈鹏在“文革”乱世中坦然不离不弃的“爱我所爱，无问西东”，到第四代清华人张果果在名利江湖里傲然重爱轻恨的“信我所信，无问西东”，展现了百年书香滋养成的“自强不息，厚德载物”的清华精神和“听从己心，不问西东”的清华风骨，还有四代清华学子间的传承与坚守。

电影结尾，张果果对四胞胎的独白，也正是对片名“无问西东”的诠释：“看到的和听到的，经常会令你们沮丧，世俗是这样强大，强大到生不出改变它们的念头来。可是如果有机会提前了解了你们的人生，知道青春也不过只有这些日子，不知你们是否还会在意那些世俗希望你们在意的事情，比如占有多少，才更荣耀，拥有什么，才能被爱。等你们长大，你们会因绿芽冒出土地而喜悦，会对初升的朝阳欢呼跳跃，也会给别人善意和温暖。但是却会在赞美别的生命的同时，常常，甚至永远地忘了自己的珍贵。愿你在被打击时，记起你的珍贵，抵抗恶意；愿你在迷茫时，坚信你的珍贵，爱你所爱，行你所行，听从你心，无问西东。”

吴晓懿，男，1971年生于广东湛江，现为华南师范大学教授、硕士研究生导师，中国书法家协会翰墨薪传工程专家、中国古文字研究会会员，清华大学美术学院博士后（2012—2014）。

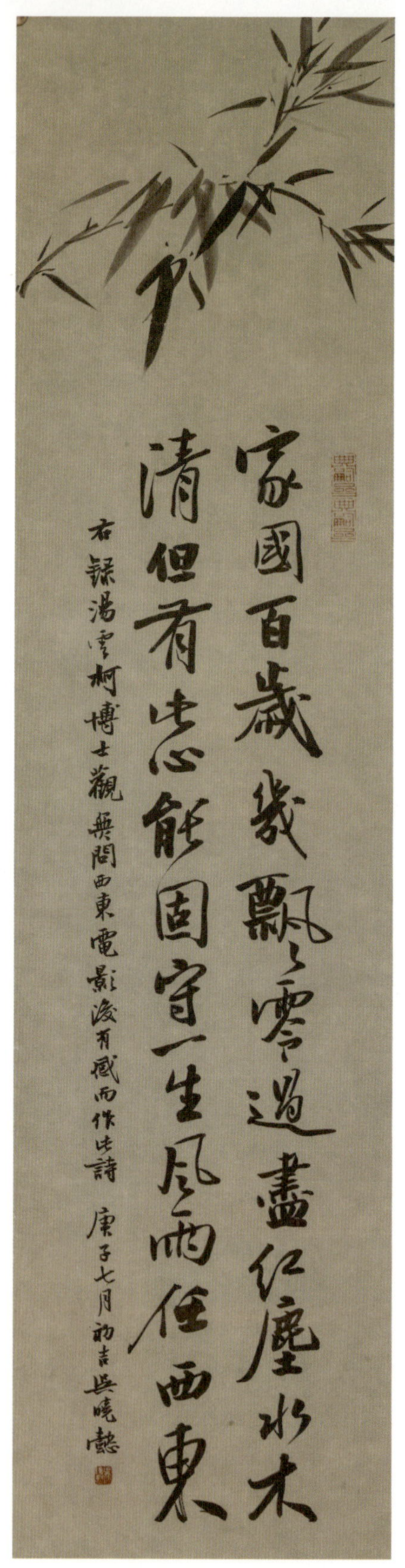

（吴晓懿　书）

五律·秋日怀友

——主持纪念清华同学吴兴科二十周年座谈会

汤云柯

诗书三界外，生死岂为然。
落笔横沧海，闲谈动九天。
才高形自朴，骨傲气方谦。
对酒蓬莱远，相知不必言。

（2018 秋）

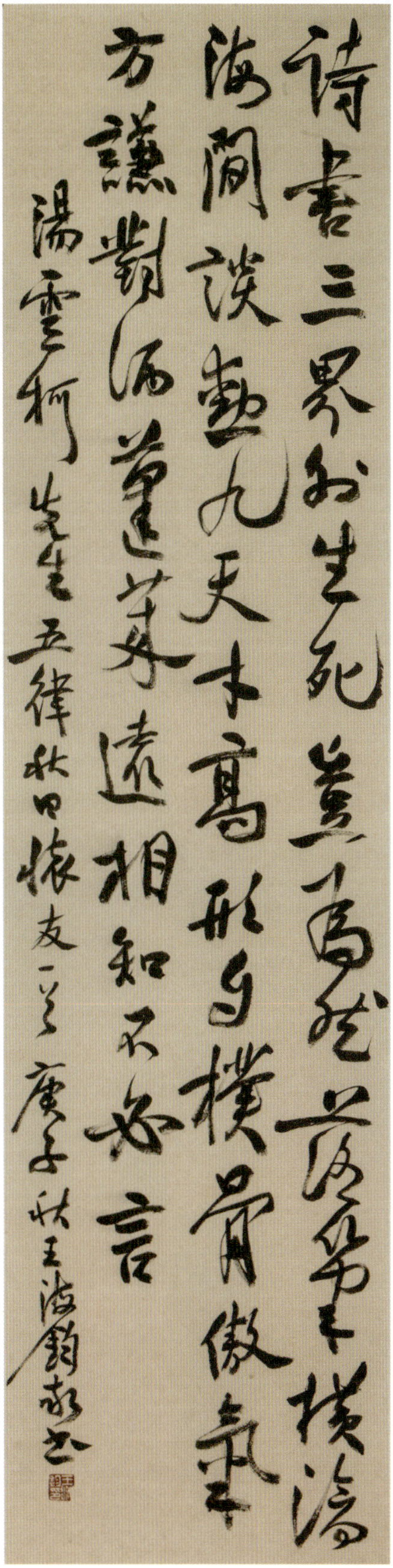

（王海钧　书）

张成昱

男，1966 年 12 月生。1987 年本科毕业于清华大学数学系，北京大学信息管理系博士，现任清华大学图书馆信息技术部主任。少年时对旧体诗词有所涉猎，2013 年开始写作，现为中华诗词学会暨北京诗词学会会员，清华大学荷塘诗社副秘书长，非典型旧体诗词爱好者。

高阳台·清华大学图书馆北馆落成有怀

张成昱

墨砌云台，香拥翠阁，煌煌十面倾城。赤壁青檐，凭窗万里来迎。倩人立雪程门外，正斜阳、独照中庭。竟如言，此处长安，万卷希声。　兰亭唱和追王谢，信江东故旧，尽入营营。浮霾轻霜，堪吟昨夜罡风。问津肯学平西策，却欣然、掷酒而兴。致知乎？读易行难，一页三生。

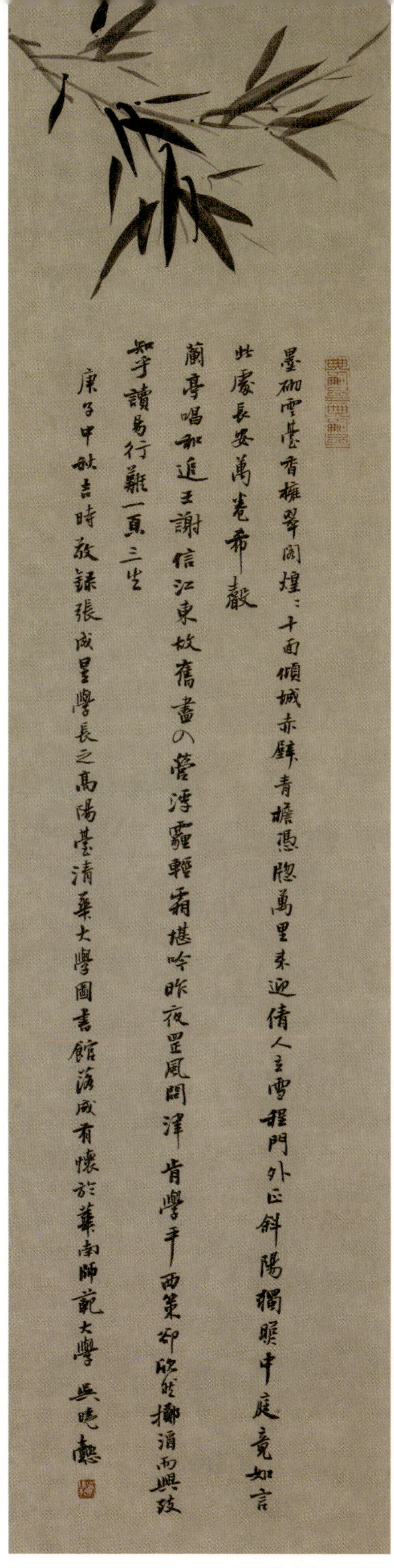

（吴晓懿　书）

浣溪沙·清华一景
——次韵玉明老师佳作

张成昱

才向青山借景开，拈花取影愧檀腮。思春应报午时回。　二八胭脂谁惜别，三千骥骛尔重来。清芬一念壮斯怀。

附王玉明院士原玉：

浣溪沙·北院情人坡春夜

王玉明

一树红苞几朵开，坡前灯下看桃腮。向阳花木报春回。　七八明星云外闪，两三情侣影中来。人间绮梦共萦怀。

【叶嘉莹先生对玉明院士原玉的点评：“生动亲切。”】

【王玉明院士点评】

张成昱老师在荷塘诗社群里看到我发去的小令之后，随即唱和一首，特表谢意。

我的那首小令写的是实景真情，成昱兄可能如王国维所说的是“造景”，以便为抒情做诗意的铺垫，达到情景交融的意境，真乃作手妙笔是也。

至于成昱老师的具体词句，就不必我来解读了，因为这类抒情小令作者的原意与读者的解读未必完全一致，最好意会，不必言传。

成昱兄动笔写格律诗词的时间不算太早，但是悟性极佳，古声韵与新声韵运用自如，风格清丽典雅，韵味浓郁，优质高产，极为佩服！

總向青山借景開
拈花取韻悅檀腮
思春應報手時迴
二八胭脂誰惜別
三千驥驁不重來
清茶一盒壯斯懷

張成昱先生詞浣溪沙
庚子仲秋　岱雙書

（晁岱双　书）

五律 清华新食堂有述

张成昱

壮志食如云，大师饥若此。
徘徊酒肉门，络绎贫寒子。
白发湿青衫，一餐驱万里。
烟云可断肠，因噎而欢喜。

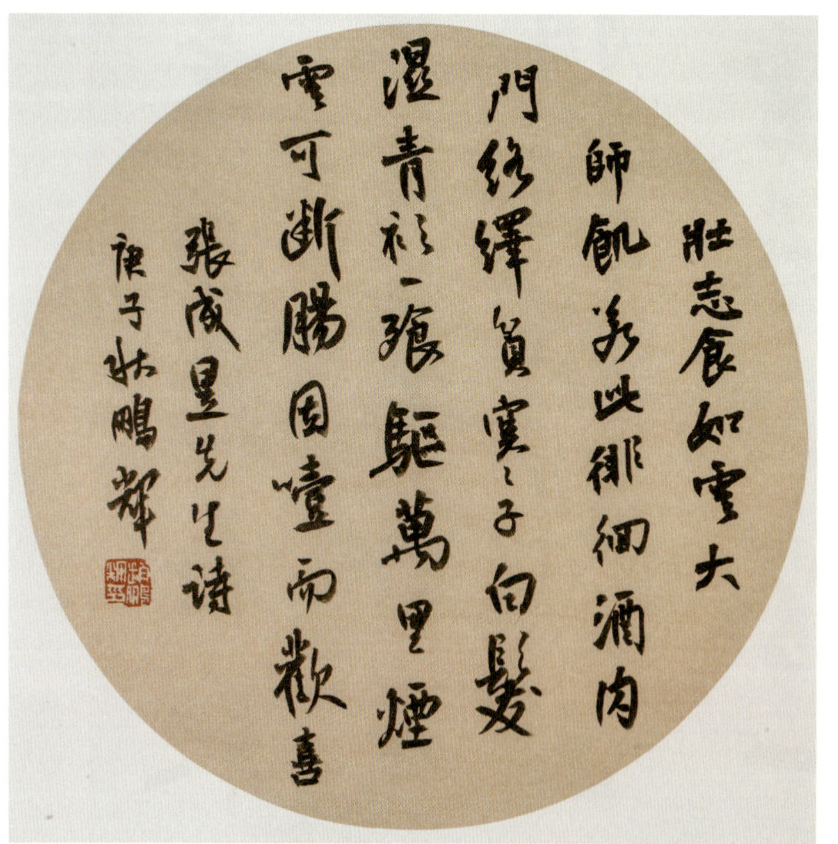

（赵鹏辉　书）

赵鹏辉，1986 年 10 月生，湖南株洲人，清华大学美术学院博士后，供职于荣宝斋出版社。论文发表于《中国书法》《美术观察》等杂志。参与中国文联部级课题“当代书法评价体系研究”，著有《中小学生必读诗词——博士五体书法（楷书）》。

八声甘州·无问西东

张成昱

问是非万种百年间，故国不堪愁。却修身多悔，齐家多惧，天下多忧。几处黄粱红粉，浊泪入清流。最恨江东水，锈了吴钩。　且忆轻狂未老，试歌吟而馁，酬唱而羞。叹书生气短，壮志赴高丘。向青山、登临意气，觑长安、足下几重秋。平平耳、把心头事，皱在眉头。

杜鹏飞，男，1970年1月生。清华大学艺术博物馆常务副馆长，环境学院教授、博士生导师。自幼热爱书画与诗词，兼从事书法创作及近代美术史研究。出版专著《艺苑重光：姚茫父编年事辑》《如晤如语：茫父家书》等。

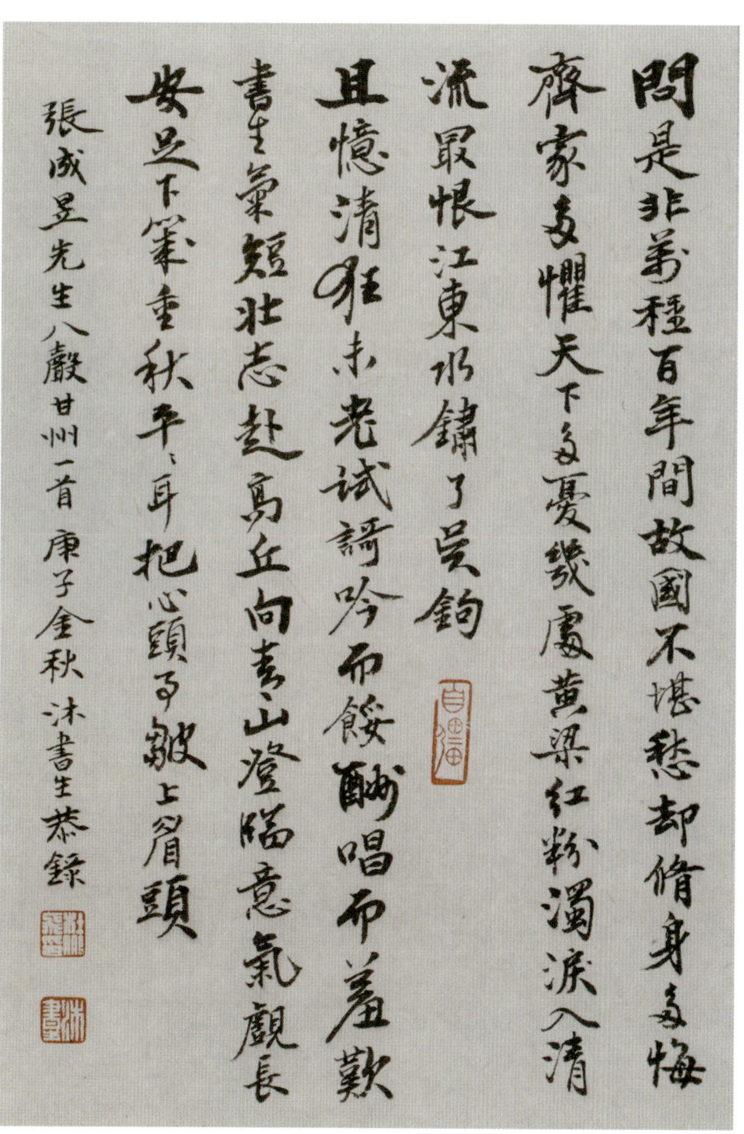

（杜鹏飞　书）

七律·清华108周年校庆有怀

张成昱

寻常愁绪无归处，每至春愁恰可归。
王谢楼亭燕如旧，师门孔孟道何依。
当年上铺亦兄弟，今夜前台多是非。
怜取满城人似蚁，清华顿作嫁时衣。

（孙瑞明　书）

杜鹏飞

男，1970 年 1 月生。清华大学艺术博物馆常务副馆长，环境学院教授、博士生导师。自幼热爱书画与诗词，兼从事书法创作及近代美术史研究。出版专著《艺苑重光：姚茫父编年事辑》《如晤如语：茫父家书》等。

七律·月涵池赏月

杜鹏飞

池涵明月洗风尘，卅载同窗老更亲。
过眼云烟无足论，走心情义抵千钧。
余生所贵知清趣，半百还能守本真。
佳节偶邀三五友，长歌畅饮长精神。

半百還能守本真

池涵明月洗風塵
卅載閑窗老更親
過眼雲煙豈足論
走心情義抵千鈞
餘生所貴知清趣
半百還能守本真
佳節偶邀三五友
長歌暢飲長精神

匠遊吟草

庚子初冬 士澍拜讀敬錄

（苏士澍　书）

苏士澍，男，1949年3月出生，北京市人，满族。自幼酷爱书法篆刻艺术，少年时拜著名金石书法家刘博琴先生为师，中青年后师当代书坛泰斗启功先生。兼习诸体，善以鸡毫作篆书、隶书，饶有特色。行书流畅含蓄，韵味极浓。篆刻宗秦汉，寓己意于古风之中。全国政协常委、中国书法家协会主席，为推动书法进课堂、普及书法教育做出突出贡献。

七律·贺两岸清华学人手札展

杜鹏飞

2017 年 4 月 21 日，“含弘光大”两岸清华学人手札展在新竹开幕。两岸清华血脉相连，手足情深。每年四月最后之周日为校庆日，是时也，草长鸢飞，岸芷汀兰；是日也，群贤毕至，少长咸集，诚盛事也。六年前之四月，两岸清华携手庆祝百年华诞，留下一段经典；今年校庆间，两岸携手举办“含弘光大——两岸清华学人手札展”，足添一段佳话。余有幸参与其事，促成此展，临行有感，成此俚句，聊志一段因缘：

两分台海一心痴，岸芷汀兰四月时。
清水无香堪润物，华园有脉促求知。
含英咀萃深沉品，弘毅刚坚邃密思。
光我学人扬正道，大哉尺素仰贤师。

（2017 年 4 月 21 日）

【韩倚云女士点评】

“两分台海一心痴”可见赤子之心，“光我学人扬正道”可见浩然之气，清华乃众高校领头者，无论文章还是科研成果，都堪称典范。

技法上，“清水”对“华园”信手拈来词却甚工，足见诗人高超的技艺。“深沉品”与“邃密思”更见巧妙。

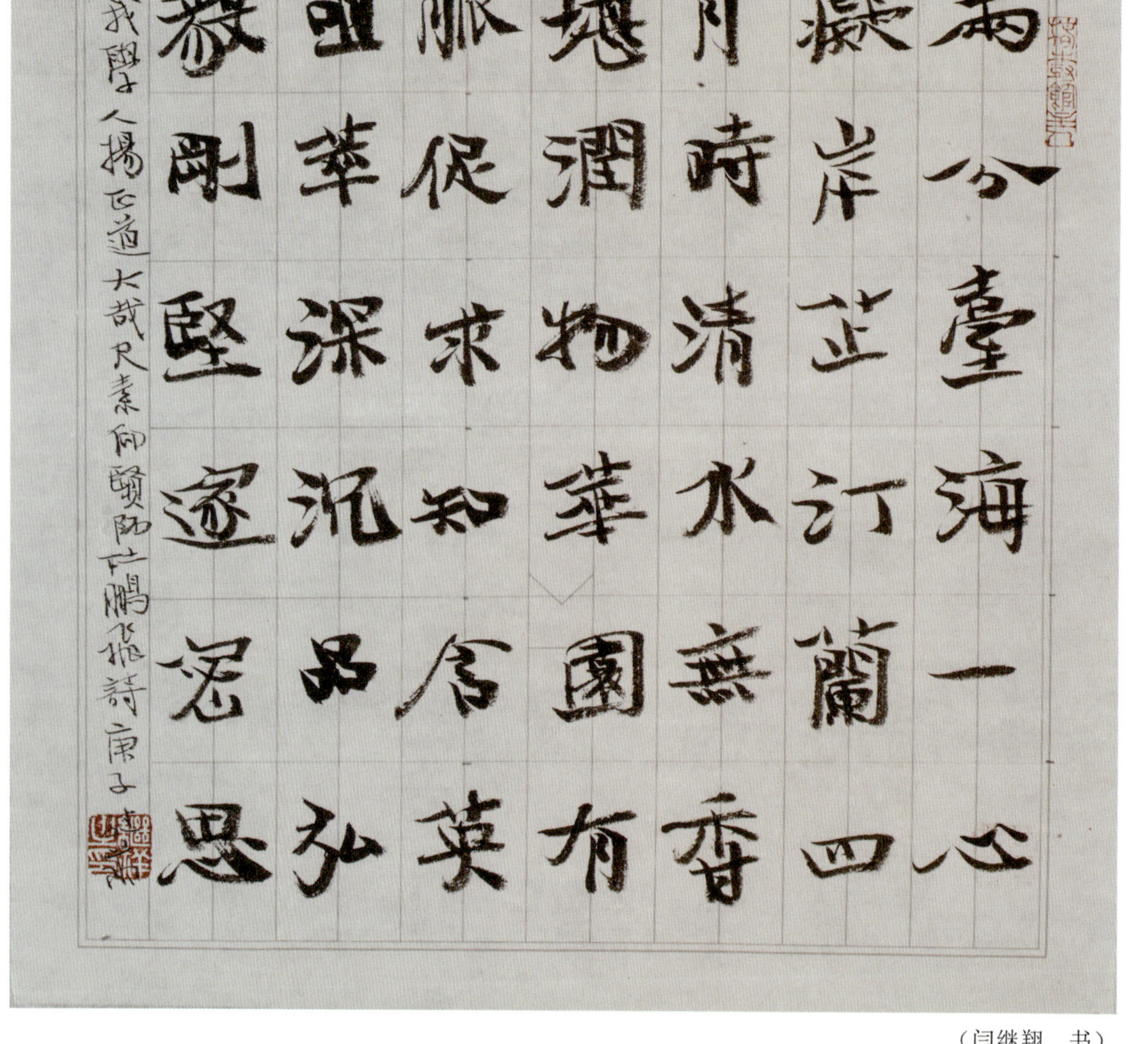

（闫继翔　书）

贺新郎·高考有怀

杜鹏飞

2017 年 6 月 6 日高考，天降骤雨，颇似 1988 年亲历高考时，有感调寄《贺新郎·高考有怀》。

犹记当时雨。似今年、浅吟低语，骤然来去。飞笔沙沙浑忘却，阵阵雷鸣如鼓。忽而似、心驰乱絮。帘外初晴花出浴，这厢儿、乍把金锥举。封试卷，抒胸腑。

凭栏梦呓来时路。斩荆棘，万马独木，亦何曾惧。三十来年无需数，心事丝丝若缕。少年志、轻抛寒暑。笑尔空余书生气，更多情、偶作痴人语。花间酒，羽衣舞。

（2017 年 6 月 6 日）

【林峰（北京）先生点评】

一日秋闱，十年苦读；或喜或悲，或歌或哭。词人抚今思昔，感慨万端。虽时隔卅载，却恍如昨日也。忆及试场走笔，题关斩将；封卷意气，夺锦豪情。词人一气贯注，迈往凌空；如行云流水，赶月奔星。极其潇洒脱俗，旷放不拘。正所谓词家本色，古今一例也。

（石光　书）

石光，男，生于 1971 年 4 月，河南淮阳人，1988 年 9 月至 1993 年 6 月，在清华大学电机工程与电子技术应用系学习，获学士学位。先后在国家电网河南省电力公司电科院和华润电力技术研究院工作。喜爱书法、音乐、运动。

沁园春·中秋

杜鹏飞

去岁逢1988级入学30周年，因动议并最终促成艺术博物馆“月涵池”之冠名捐赠事，期间正值腿伤未愈，苦乐自知。越明年，中秋佳节，邀三五同学于月涵池畔赏月怀古，因成此调。

莽莽神州，黄花竞秀，冷暖争锋。赞碧空初洗，游龙幻化，苍茫四野，树郁蒿蓬。学子生涯，园林生意，暮鼓晨钟求贯通。秋方半，叹流光易逝，碌碌微功。　年来华发几丛，欣换得艺堂声誉隆。筑高台百尺，日升半步。同侪寰宇，擘画从容。如此良宵，新知旧雨，仰望冰轮谈笑中。正酣畅，蓄满池清水，涵月当空。

（2019年中秋节）

（王玉明　摄）

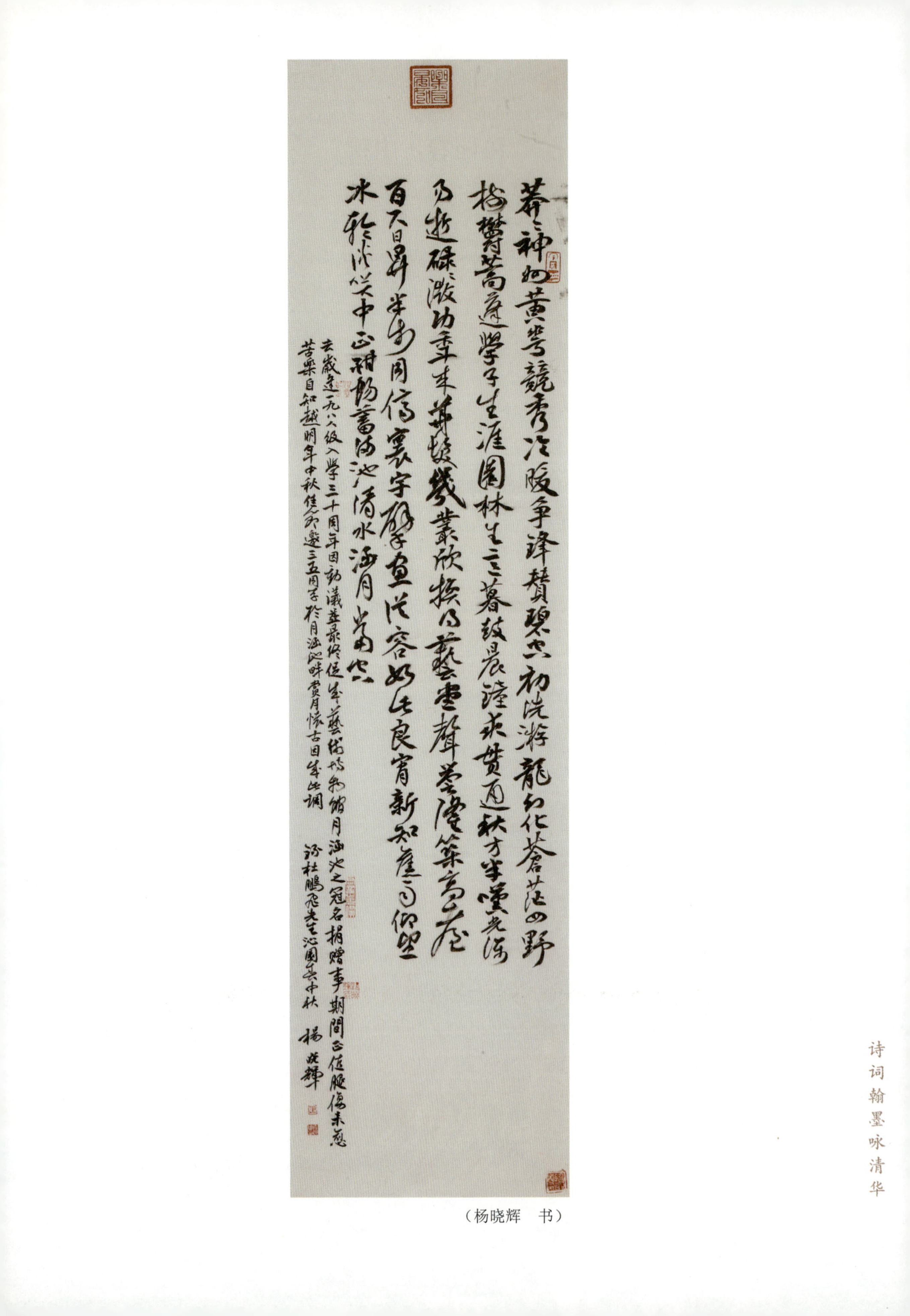

（杨晓辉　书）

永遇乐·国庆

杜鹏飞

2019 年 10 月 1 日，中华人民共和国成立七十周年，因赋此调，以寄微怀。

万里江山，千年国是，几番治乱。七秩风霜，初心不忘，盛世期重现。神州今日，笙歌处处，猎猎旌旗酷炫。便纷纷、长焦短矩，都将美图狂散。

小园清寂，翩翩玄想，犹有阴霾难遣。志士求仁，成功方半，努力加餐饭。复兴业伟，匹夫有责，忍顾闲愁幽怨。正其时、牢记使命，征途漫漫。

（2019 年 10 月 1 日）

（王玉明　摄）

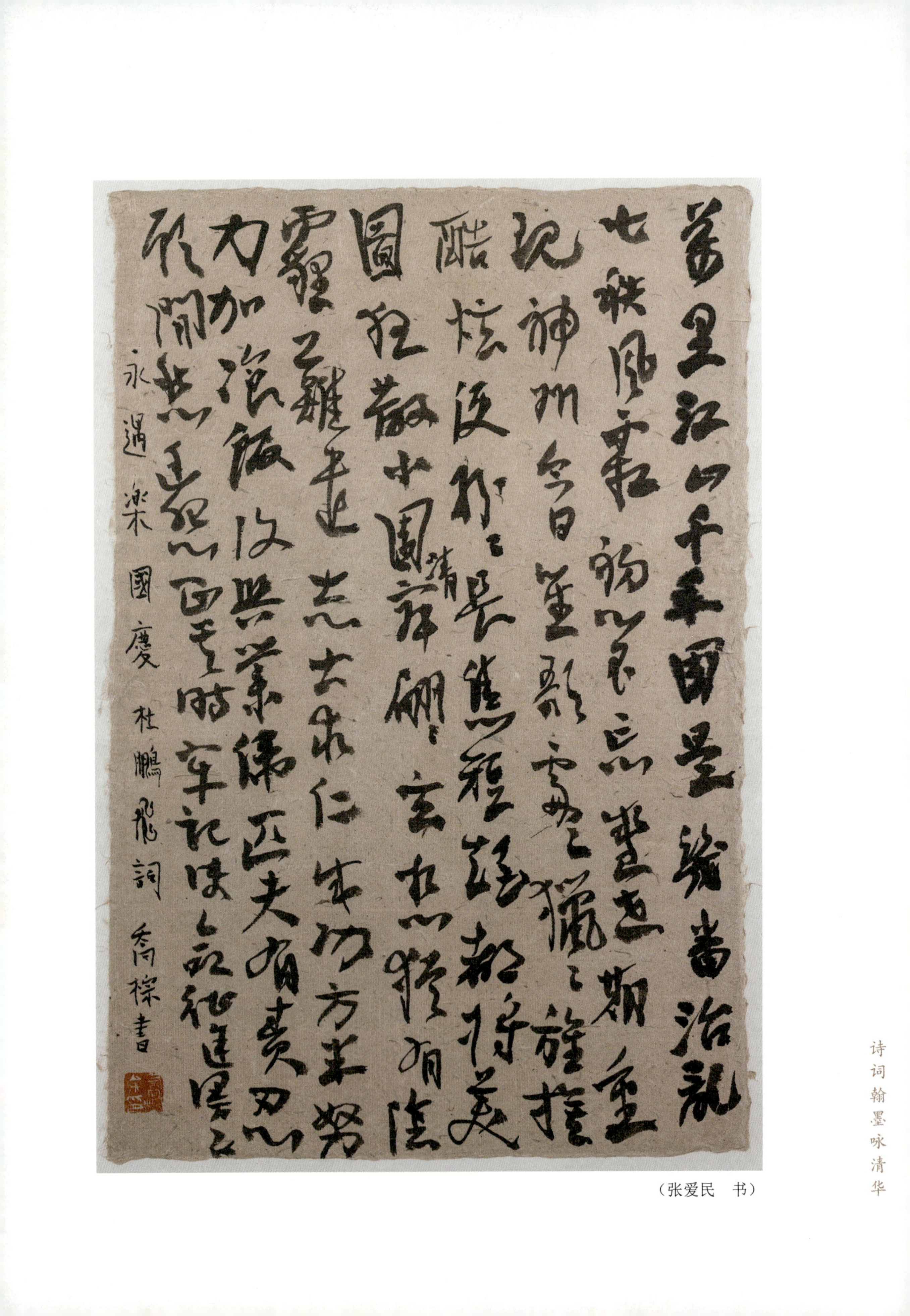

（张爱民　书）

（王玉明　摄）

圣凯

男，1972 年 10 月生。清华大学道德与宗教研究院副院长、清华大学哲学系副主任、教授、博士研究生导师、国家社科基金重大项目“汉传佛教僧众社会生活史”首席专家、中国佛教文化研究所副所长、《佛学研究》主编。研究领域为南北朝佛教学派、儒佛道三教关系、中国佛教社会史、近现代佛教、佛教与西方哲学比较研究等。主要著作有《中国汉传佛教礼仪》《摄论学派研究》《中国佛教信仰与生活史》，*A History of Chinese Buddhist Faith and Life* 等著作。

七绝·新斋夜读

圣凯

斋坐玄思日日修，空庭微雨一澄秋，
孤灯洞破千年暗，霜降人间月满楼。

【解峰先生点评】

本诗营造出一种修悟坐照的禅境。人心如空庭，雨后清凉澄澈；人心法自然，月映天、霜映人，一片明亮通透。

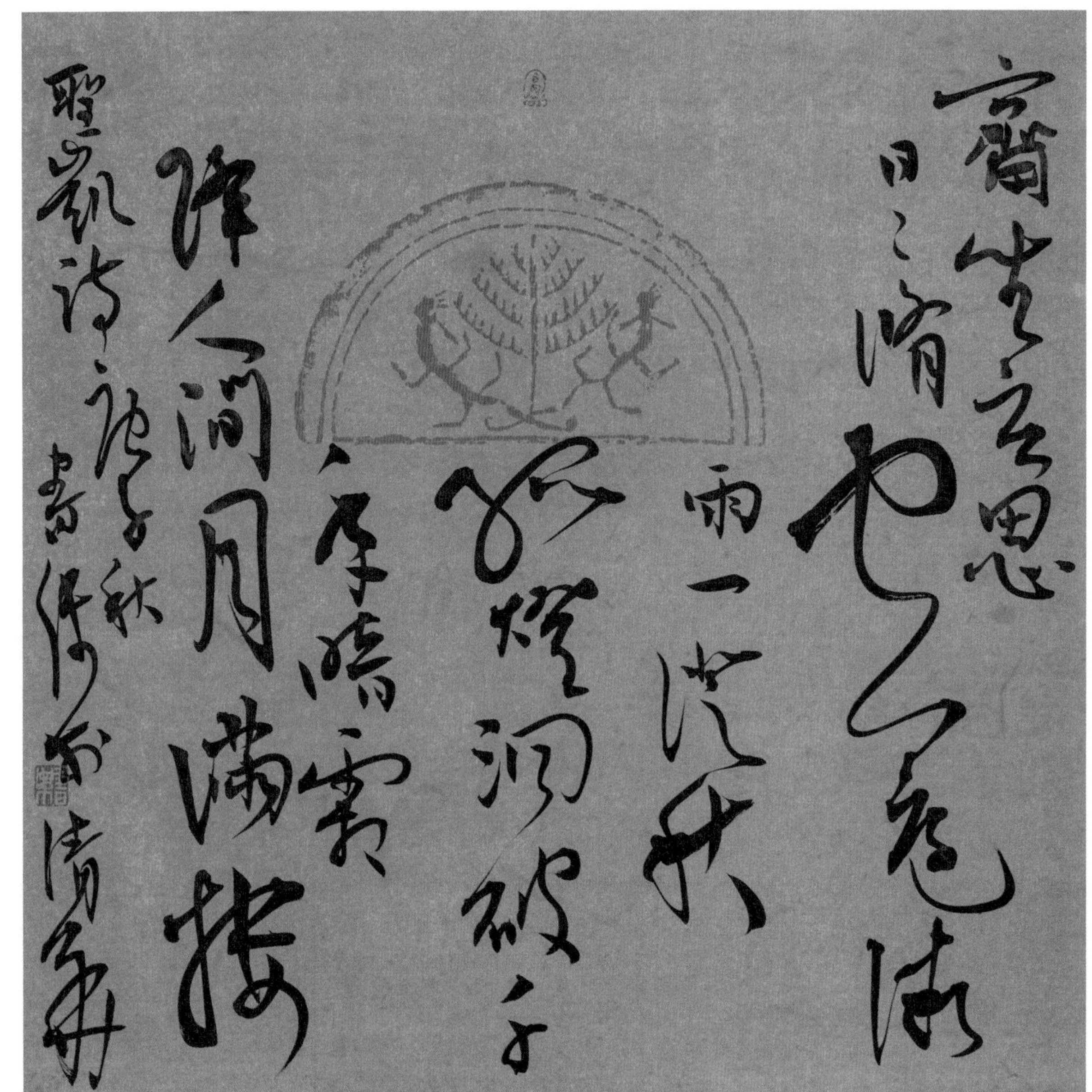

（林书杰　书）

谷红丽

女，1972 年 10 月生。清华大学深圳国际研究生院驻校办行政职员，国家二级心理咨询师，全球职业规划师，清华大学学生职业发展中心职业咨询师。清华大学荷塘诗社副秘书长，热爱自然，喜欢在自然中追寻美，喜欢传统国学，擅长古诗词创作，2017 年开始至今创作古诗词近 200 篇，发表于多家古诗词微刊。

七律·郁香忍冬

谷红丽

几朵晶莹入目来，宛如仙子下瑶台。
玲珑金蕊精心琢，小巧银花细致裁。
历苦忍冬经雨雪，随风吐馥比兰梅。
庭园吟赏招文友，妙手因之去病灾。

清华园绿园有很多珍奇花木，今春发现几株郁香忍冬，兼具观赏和药用价值，诗以记之。

【肖红缨女士点评】

此诗写清华园里罕见的植物郁香忍冬，从写景入手，借景抒情，层层递进，寓情于景，用意深远。首联用拟人的手法写郁香忍冬如仙似幻的外形带给观者的视觉冲击，颔联捕捉到花的玲珑小巧的精致含蓄之美，让人油然而生欢喜。颈联由外而内，写植物之性情品格，历苦忍冬，随风吐馥的内在美，堪比兰花之淡雅，梅花之高洁。尾联笔锋一转，从观赏价值升华到药用价值，进而直抵灵魂深处的美好愿望：祥和康泰平生愿，妙手回春世代歌。足见作者手法之细腻，诗风之婉约，用心之良苦。

刘石，男，1963 年 11 月生。先后毕业于四川大学、北京师范大学中文系，文学博士，清华大学人文学院中文系教授，主要从事中国古典文学和文献学研究。

（刘石　书）

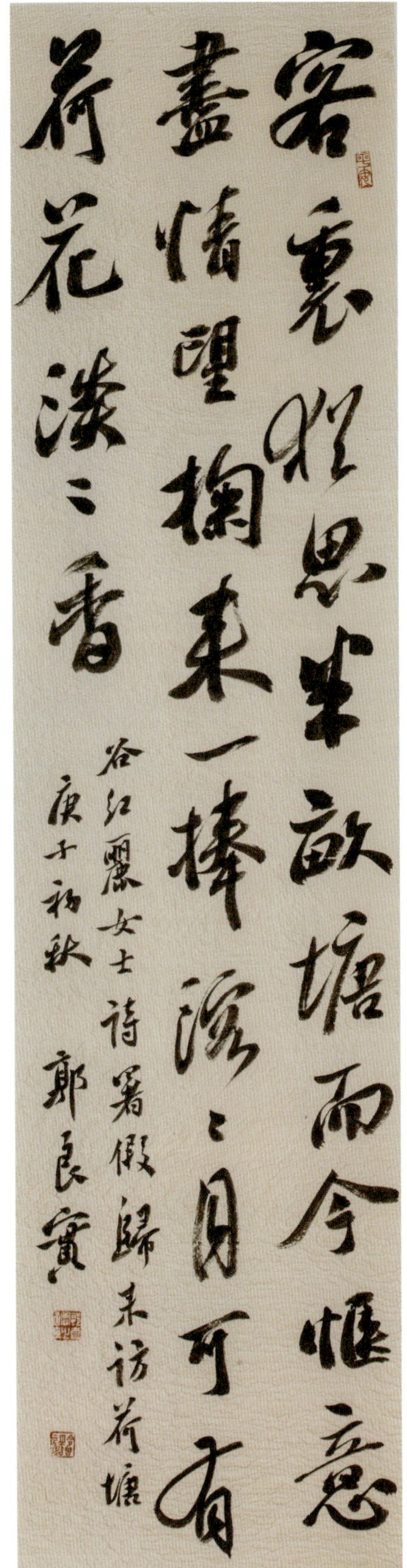

（郭良实　书）

七绝·暑假归来访荷塘

谷红丽

客里犹思半亩塘，而今惬意尽情望。
掬来一捧溶溶月，可有荷花淡淡香？

（王玉明　摄）

踏莎行·清华园晚秋

谷红丽

雁去无痕，冬临已悄，丹枫银杏还喧闹？幽林小径着霓裳，风来轻羽纷飘缈。
树色依依，荷塘皦皦，亦真亦幻难分晓。寻寻觅觅画中游，华园盛景观需早。

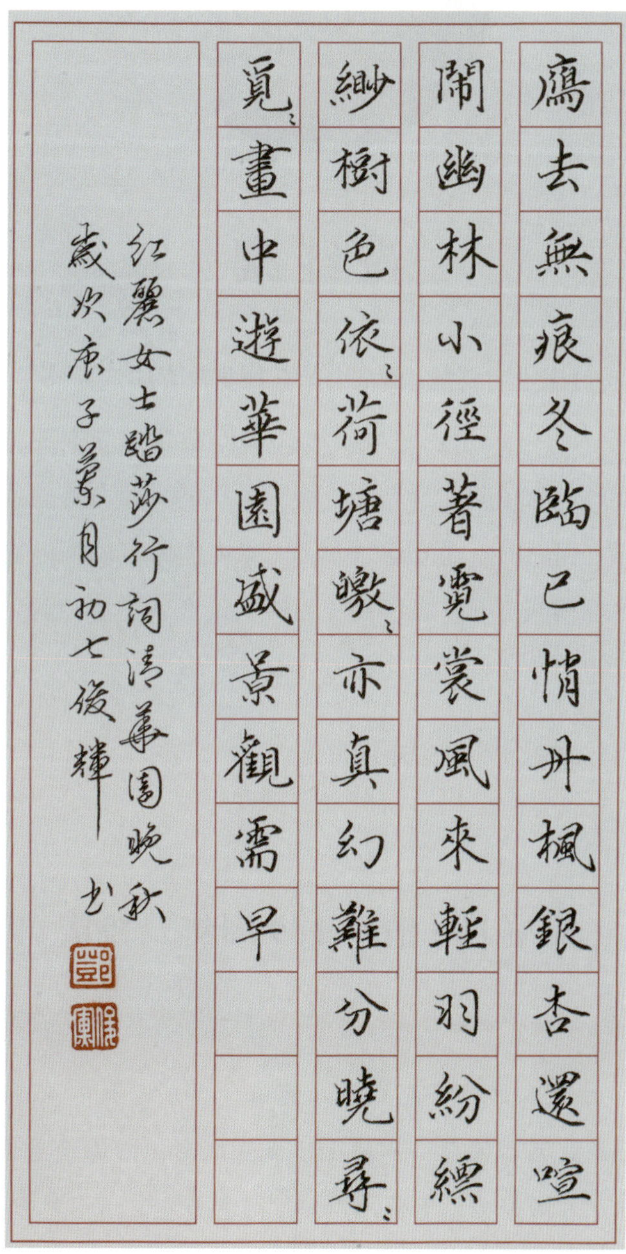

（邓俊辉　书）

肖红缨

女，1974年11月生，笔名潇潇。清华大学教育研究院毕业，获博士学位，2005年入职清华大学。清华大学荷塘诗社常务副社长、中华诗词学会高校诗词工作委员会委员，全球职业规划师、国家高级职业指导师、高级人力资源管理师。研究方向为院校治理、高等教育管理、文化传播与品牌形象。出版专著《研究型大学院系治理模式——以清华大学为例》，在《中华诗词》《诗刊》《中国楹联报》等刊物上发表诗词联作品数十首。

满庭芳·清华109周年云校庆

肖红缨

校庆云端，天随人愿，百花竞放吐霓虹。学堂亭阁，归燕舞新晴。细柳婀娜恋恋，一池碧，水暖浮萍。莲桥上，氤氲烛影，四海漫重逢。 当中，离别意，紫荆桃李，玉树芳丛。袅袅钟声处，得意长空。水木葱茏醉忆，多少梦，愿赌谁赢。思无阻，小园幽径，寂寂问情浓。

（2020年4月）

【徐建明先生点评】

庚子年因为新冠疫情影响，清华 109 周年校庆改为网络云校庆，故词人始句从校庆云端起，采用白描手法，向读者展现了校庆期间清华园的一派春景，虽处时疫，但词人心境开阔，展现在读者眼中的是一派百花吐蕊、绿柳婀娜、钟声袅袅、水木葱茏的校园春日盛景，仿如一幅画卷缓缓展开，带读者重回校园，近距离感受到校庆的气氛，篇中佳句颇多，如百花竞放吐霓虹、归燕舞新晴、氤氲烛影、袅袅钟声处等句，静中有动、景中有情，譬如绘画，既有白描工笔的近景，也有泼墨写意的远景，一切如历历在目，远近交错，情景交融，画面感极强。

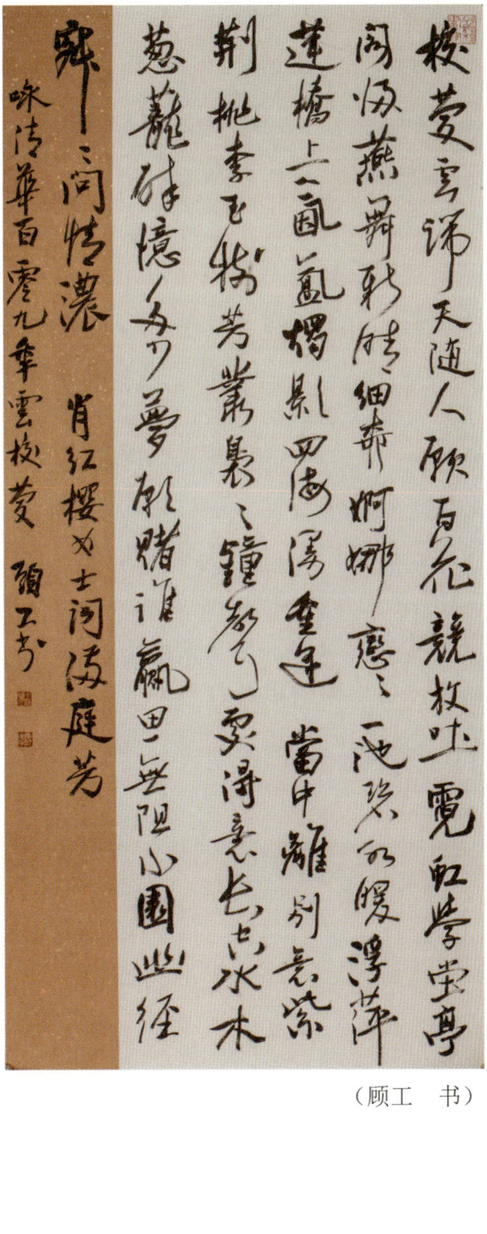

（顾工　书）

七律·抗疫听雨课堂

肖红缨

何奈疫情猖且狂，归程万里好惶惶。
痴心玉雪萌新意，至善春风雨课堂。
咫尺天涯同振奋，鸿儒硕彦共昂扬。
清芬直捣瘟神去，忧乐从来厚德彰。
（2020年2月3日）

【徐建明先生点评】

庚子年因为新冠疫情影响，清华学堂上线了网络授课方式雨课堂，诗人以第一人称视角，描写了听雨课堂的感受，起句先点明了雨课堂的背景，因为疫情猖狂，诗人在归途中惶恐不已，在雪尽春来之际，聆听了别开生面的雨课堂授课方式，并在诗中点明了雨课堂的宗旨就是春风化雨，止于至善，此联采用流水对的方式，将开课时间与开课宗旨巧妙的对在一起，构思新颖，颈联正面描写了雨课堂的上课情况，虽然同学们相隔天涯，但是在雨课堂上聆听鸿儒硕彦的在线讲课，依然振奋昂扬，令人感受到雨课堂活跃气氛，尾联在承接颈联的情绪上进一步升华，表现出清华人厚德载物，先天下之忧而忧的时代担当和直捣瘟神、不惧险阻的革命气概。这首诗采用了起转承合的章法结构，起句沉郁，但颔联迅速一转，便进入雨课堂网络复课的积极氛围中，颈联尾联情绪持续走高，就像爬山，在度过最初的艰难后，便是无限风光在险峰的心理状态。纵观诗歌发展脉络，从诗经、乐府到唐诗宋词元曲，诗歌是传统的，也是变化的，孔子云诗言志，用诗歌表现时代风貌，抒发时代情怀，是诗词的重要社会功能，作者用诗歌的形式，表达了清华人在面对疫情时发展创新的时代风貌和厚德载物，振奋昂扬的精神风貌，具有重要的现实意义。

何奈疫情猖且狂歸程萬里好惶惶癡心
玉雪萌新意至善春風雨課堂咫尺天涯
同振奮鴻儒碩彥共昂揚清芬直搗瘟神
去憂樂從來厚德彰

肖紅纓先生詞
庚子金秋賀軍峯書

（贺军峰　书）

七律·清华喜迎校友返校

肖红缨

丽日华园春意扬，纷回玉燕舞霓裳。
经年离恨随风迴，万缕归思入梦长。
玉树芝兰皆蕴藉，紫荆桃李漫芬芳。
钟声缭绕余音处，锦瑟瑶琴乐未央。

（2017 年 4 月清华 106 周年校庆日）

【林峰先生（北京）点评】

同窗之谊，手足情深；同校之谊，山高水长。一旦久别重逢，自然心花怒放。诗人以丽日当空，玉燕穿梭造校庆百年之佳境；以经年离恨，万缕归思道日常牵挂之念想。复以芝兰满室、桃李满天益壮清华百年之声势。最后于钟声缭绕处歇拍，最是余味绵长，响落天外。尽显其词尽而意不尽之气韵也。

【莫真宝先生点评】

此诗写“喜迎校友返校”，以“喜”字作为情感脉络，虚实相间，开阖有度。打个蹩脚的比方：作为高校教师，欢送毕业生有如嫁女。欢迎校友返校，则有如接待女儿女婿回家，其欢喜为何如？首联即从视觉上营造了校友返校的热闹场面。“丽日”状天气晴明，“华园”指校园装扮一新；“纷回玉燕”，喻返校的校友，“舞霓裳”，校友衣着鲜丽，步履蹁跹，而返校之喜，蕴含其间。颔联由实入虚，着眼于学生，离则悲，归则喜。以“离恨”和“归思”相对，牵连起离校、返校两个时间和空间，大开大阖，笔力强劲。颈联思绪拉回，着眼于教师，并再次聚焦于返校校友身上。“芝兰”“桃李”，亦虚亦实，用典贴切而精雅，而栽桃培李之喜自不待言。尾联连写“钟”“锦瑟”“瑶琴”三种乐器之音，从听觉上烘托出喜乐祥和的氛围，呼应首联，进一步丰富了人物活动的场景。通观全诗，字里行间，洋溢着亲人还家的喜悦之情。

【王革华先生点评】

校庆是学校的重要节日，师生员工新朋老友欢聚一堂，校园中弥漫着欢乐的气息。这首诗生动描绘了这一场面。首联从写景入手，春意盎然的清华园，各地校友而纷纷返校。颔联写人。奋战在各行各业四面八方多年未见的校友欢聚一堂，往事历历在目，尽诉相思之情。一切随风而去，只剩历久弥新的友情在梦里游荡。此联对仗工整，韵味绵长，当为全诗核心。颈联虚实结合，把校庆场面进一步拉大引申，既有紫荆、玉树等清华园实景铺陈，又以芝兰玉树、桃李芬芳表达对清华学子的赞美，尤其“蕴藉”一词更是清华精神的写照，字里行间透着作者作为清华人的自豪感。尾联呼应首联，在余音袅袅中结束欢乐、深情的校庆日。此篇初看平淡，细品则回味无穷，乃校庆诗之佳作。

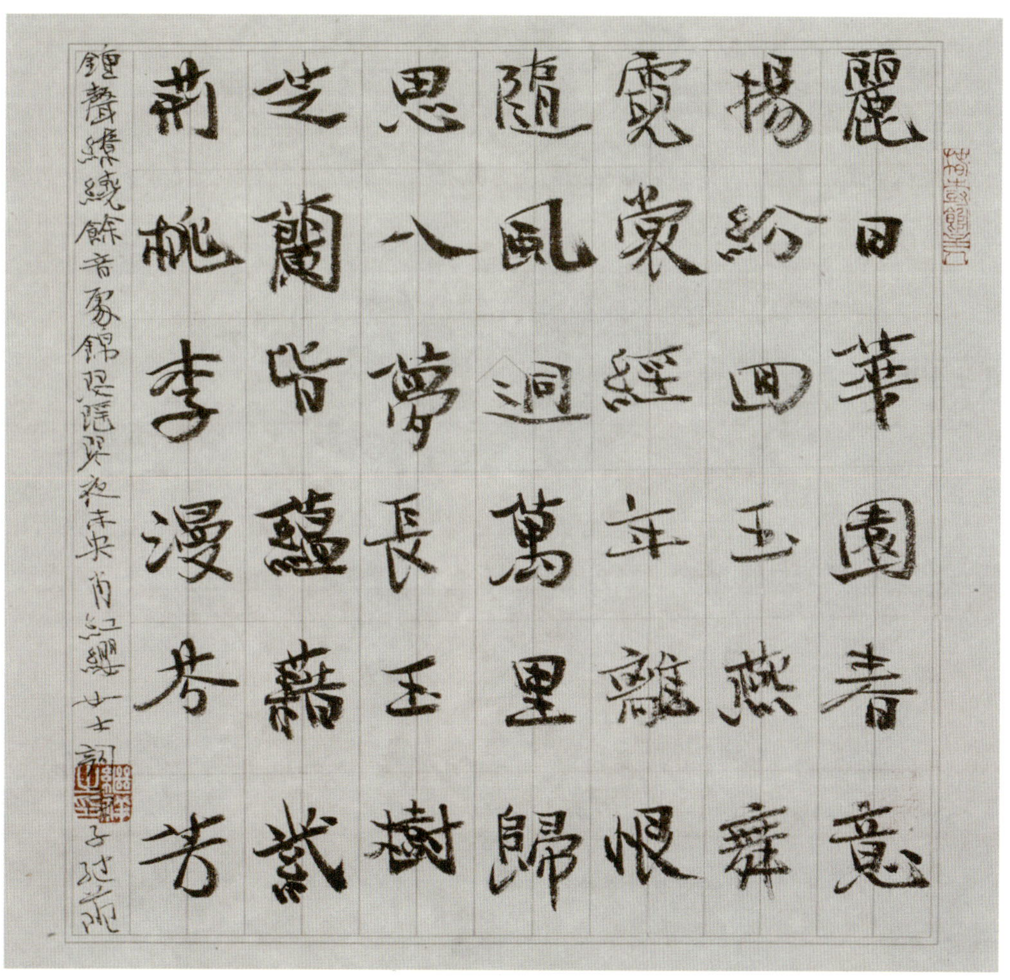

（闫继翔　书）

七律·荷塘诗社成立十周年纪念暨《荷声诗韵》《韫辉诗词百首》首发式

肖红缨

十载荷塘艺苑新，口吟笔赋伴昏晨。
蕙风莲语携菁萃，雅韵清音远俗尘。
秋水长天心底荡，韫辉秀色月中申。
峰回婉转豪情处，曲尽无边日日春。

（2018 年 4 月 19 日）

【王革华先生点评】

贺诗难写，极易口号流俗。作者用蕙风莲语、雅韵清音非常贴切地概括了荷塘诗社的特点，更是对社员们的由衷赞美。此篇的精妙之处在于把王玉明院士的号“韫辉”不露声色地嵌入其中，毫无斧凿之痕，可见作者文字功力之深。

【王玉明院士点评】

王革华老师的点评极是！感谢红缨把恩师叶嘉莹先生所赐之号“韫辉”嵌入诗篇！

红缨自加入荷塘诗社以来，为诗社做了许多工作，特别是为这本书的编辑出版付出了大量的劳动和心血，有目共睹，大家都很感谢！

（朱旭　书）

鹧鸪天·谷雨胜因院诗友雅聚（步韵萧云子）

肖红缨

2019 年 4 月 21 日谷雨节气，应萧云子诗友之邀，与王玉明院士等荷塘诗社诸诗友们雅聚胜因院英华学者之家，品茗论诗、浅唱低吟。诗友们忍不住即兴联句共吟：“诗茶邀友晤清华“（萧云子），临近徽因曾住家（王玉明）。古树新枝多雅韵（肖红缨），庭前醉赏牡丹花（诸友共结）。”好不开怀。意犹未尽之即，云子即兴做鹧鸪天一首以记之，我亦步云子原韵和之记之。

谷雨重逢任放收，新茶诗语与君酬。缤纷缱绻胜因诉，十载荷塘几度游。
歌水木，颂春秋，繁花写尽始方休。嫣红姹紫为谁意，缕缕芳菲逐水流。

（2019 年 4 月 21 日）

附萧云子鹧鸪天原玉：

犹忆初逢意气收，当时诗语与君酬，花前岁月倾杯论，月下荷塘携手游。匆一晤，又三秋，前尘似梦梦皆休。倏然谷雨愁花落，又写春思逐水流。

注 胜因院，始建于 1946 年，位于清华大学校内照澜院西南，新林院西北，曾是抗战胜利后清华从昆明回迁后建设的大师栖居之所，据说张维、梁思成、林徽因、马约翰、费孝通、金岳霖、汤佩松、沈元等名人大师曾居住生活于此。据悉，取名胜因院是为了纪念抗战胜利清华北归，也是为纪念抗战时期西南联大南迁昆明时，曾经租用“胜因寺”房屋作为教学之用。后来学校复建胜因院各栋小楼，作为清华人文社科重要科研机构办公用房。本人 2017—2018 年曾有幸在此（国家形象传播研究中心，胜因院 30 号）工作。

【王革华先生点评】

谷雨佳节，胜因小院，诗友雅聚，品茶吟诗，你唱我和，不免使人联想古人曲水流觞之雅趣。以诗会友，以诗抒怀，书文思之情，赞春光之美，在当今繁杂浮躁的环境中呈现一抹清新小景，令人艳羡。

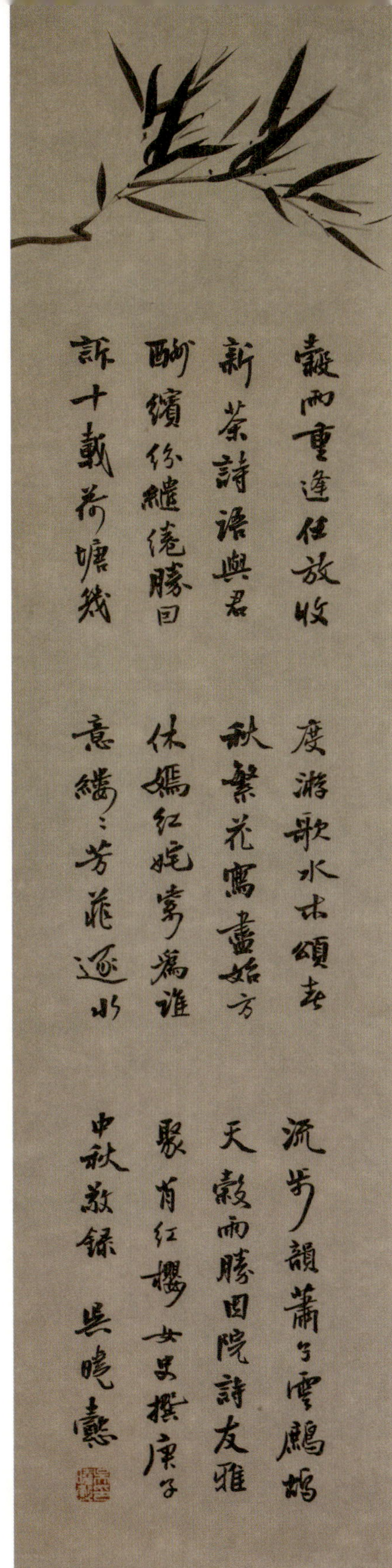

（吴晓懿　书）

解峰

男，1979年生。清华大学荷塘诗社顾问，原社长，清华大学政策研究室副主任，博士，副研究员，曾任清华大学人文学院党委副书记。1997年考入清华大学化学工程系，2004年硕士毕业留校工作。中华诗词学会会员。

七律·碧塘春

解峰

苍天荒岛又荣华[1]，槛外山光[2]未肯赊。
雨湿朱砂濡岸圃，池融翠墨点残葭。
三分颜色还轻著，五里楼台已半遮。
云聚散时多望远，风行止处看桃花。

（2011年）

注 1. 苍天：《尔雅·释天》“春为苍天，夏为昊天。”
2. 槛外山光：水木清华轩有楹联“槛外山光历春夏秋冬万千变幻都非凡境，窗中云影任东西南北去来澹荡洵是仙居”。

【韩倚云女士点评】

创作手法如朱自清的《荷塘月色》，淡淡喜悦淡淡哀愁。“三分颜色”与“五里楼台”点明碧塘春的特色，“云聚散”与“风行止”表达了对春来春去的几分无奈。平淡语句，却反应出了诗人之高学养、高境界。

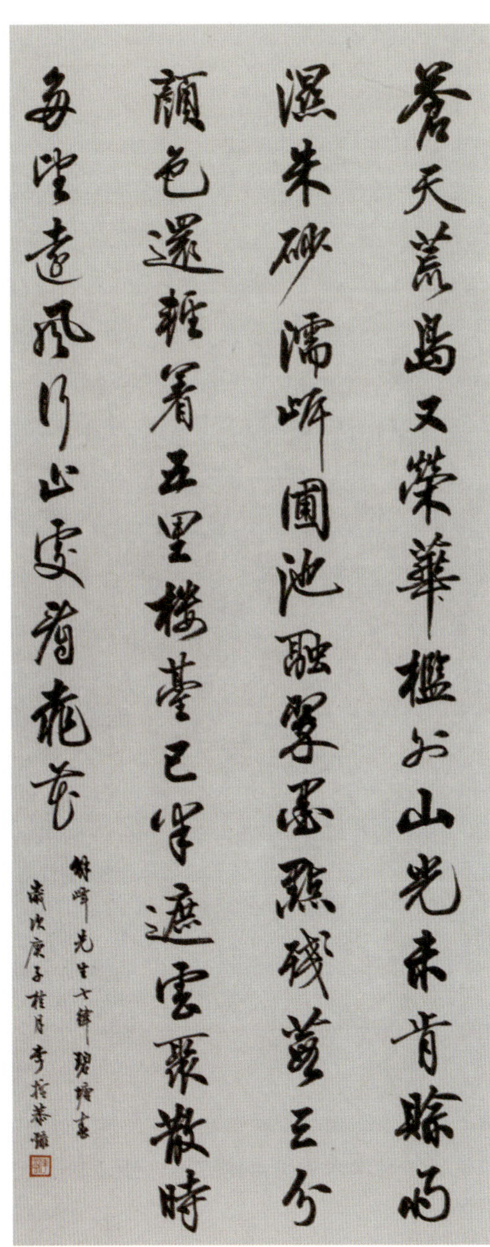

（李哲　书）

李哲，1982 年生于北京。2001 年考入清华大学土木工程系，现任清华大学艺术博物馆副馆长，北京市书法家协会会员。9 岁起师从书法教育家郑彦伟先生，本科期间担任清华大学学生艺术团美术社社长，2005 年获首届全国大学生艺术展演书法一等奖。毕业留校后开设本科生艺术选修课“书法文化与艺术实践”，2017 年指导学生获得北京市大学生书画作品展普通甲组书法篆刻类金奖第一名。本人书法作品入选“笔墨当随时代”书法篆刻精品展、“七十载盛世画卷 与国同行同梦”首都高校教职工优秀书画作品展等，曾出版《世纪清华 院士寄语》，作为电影《无问西东》书法指导并书写片中多幅作品。

定风波·甲午年校庆

解峰

风雨丁香结紫荆，春光辗转自飘零。时令花期常前后，回首，暗香流彩各分明。 鬓角已如衣角白。记得，球场更比职场争。半掬烟花轻作泪，微醉，天涯作客又兼程。

（2014 年）

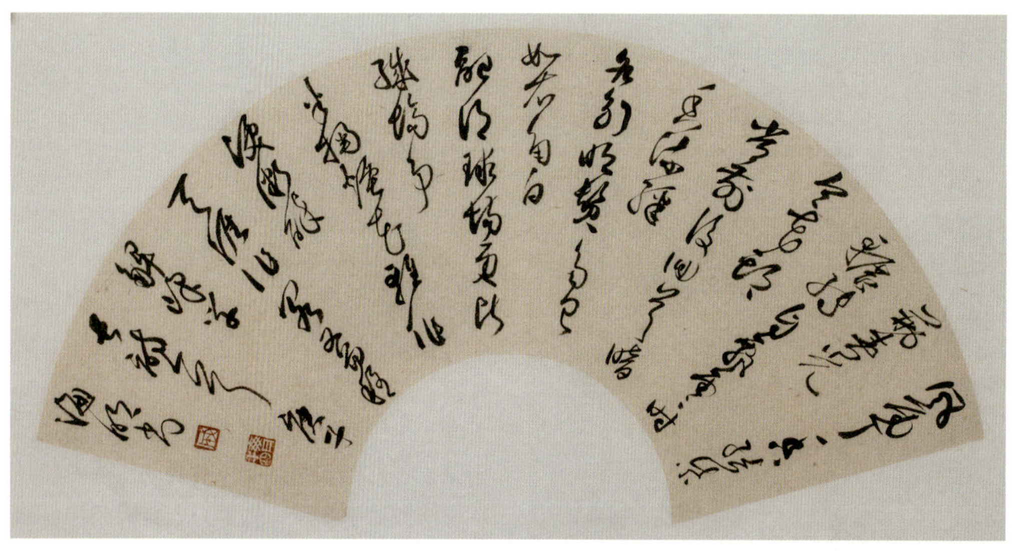

（成海明　书）

成海明，男，1985 年 4 月生。清华大学 2018 级博士研究生，中国书法家协会会员，绍兴市书法家协会学术委员会副主任，浙江省青年书法家协会诗词与楹联委员会委员。

水调歌头·乙未年校庆

解峰

不惧夜风雨，难耐物华侵。故园花落如雪，会向翠头簪。滚滚经年漂泊，忽忽平生来去，烟水满离襟。无计起飞絮，只是又春深。　忆同学，怀往事，念初心。多少离合，长歌清啸复低吟。酒是西门醇厚，意是当时狂纵，醉里渐呜喑。皎皎荷塘月，照我到如今。

（2015 年）

【王玉明院士点评】

该词写 2015 年校庆，却没有落入只是一味颂扬的窠臼之中，而是主要抒发岁月如梭，离合低吟，痴心不改，往事怀念的心绪情怀，纯属抒情之词，因此能够拨动读者心弦，与之共鸣。

解峰与教工书协杜鹏飞老师一起发起编辑出版此书，诗书合璧，献给清华大学 110 周年华诞，立意甚佳，我大力支持。

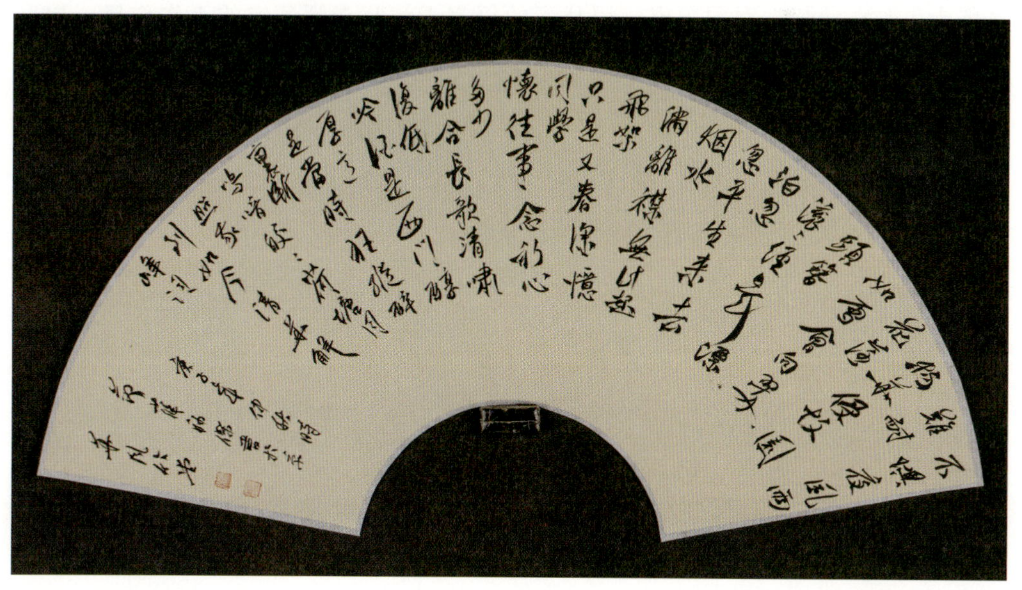

（薛帅杰　书）

七律·赵家和[1]老师德行千古

解峰

人间万苦自贫寒，不许莘莘作此叹。
世上无名称老叟，案头有字是长安。
落英紫苑皆培土，病体昆仑已铸坛。
一缕清风随月去，常将泪眼举头看。

（2017 年）

注 1. 赵家和：清华大学经济管理学院教授，节衣缩食，用毕生积蓄资助贫困学生；2012 年 7 月 22 日因病逝世，终年 78 岁，被师生无限追思、被世人无限敬仰。

【韩倚云女士点评】

由贫寒起笔，点明赵家和老师的出身；颔联以“无名老叟”“有字长安”来写赵老师之“德”，其中“世上”与“案头”方位对得工整，“无名”与“有字”对得工整，“老”对“长”工整，足见诗人写律诗的技术功底；颈联写赵老师之“行”，“培土”与“铸坛”对得工整，用朴素的语言表达赵老师务实的工作作风；尾联以对赵老师永远的怀念收束全篇，朴素的语言，表达了对赵老师最深的崇敬与怀念。

林刚，男，1968年8月出生，1999—2005年在清华环境系攻读博士学位，导师为钱易院士，副导师为文湘华教授。

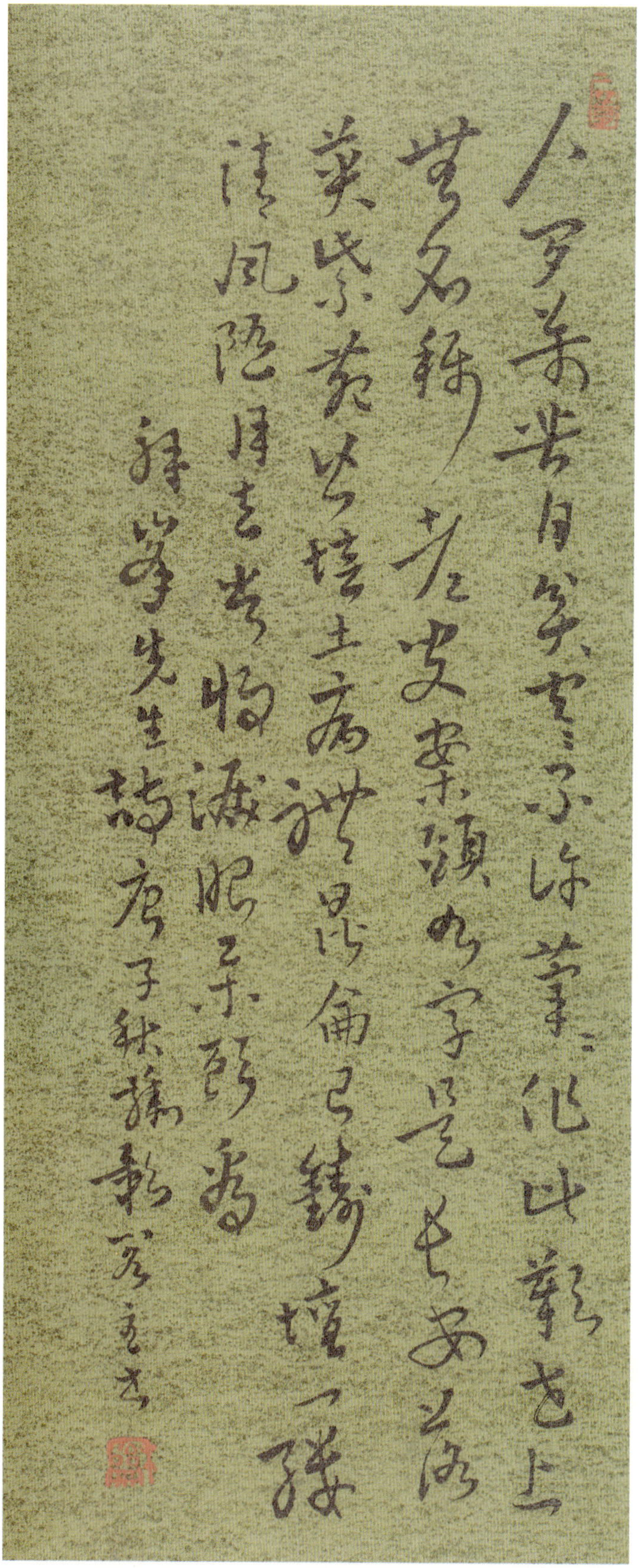

（林刚　书）

七律·庚子年校庆并赋紫荆[1]

解峰

故园一念锁孤蘖，风絮烟花又满城。
入夜春星沾碎紫，侵枝玉露耐枯荆。
丁香暗度愁离远，藤影微摇梦不成。
自向小丛深寂寞，也堪疏雨也堪晴。

（2020 年）

注 1.2020 年因新冠肺炎疫情，清华改办“云校庆”，校友不能返校，甚憾之。清华人面对疫情，与全国和全世界人民同舟共济、共克时艰。

【韩倚云女士点评】

庚子年是特殊的一年，因新冠病毒的横行，严重影响了每个人的日常生活。“丁香暗度”与“藤影微摇”已暗含了学子分别之离愁，与“云校庆”之孤寂，诗人景语用得甚好，尾句之“也堪疏雨也堪晴”，更加重了受疫情影响的学子们之无奈，晴雨随意，皆不能正常读书，一句景语胜过千言，可见诗人手法之高妙。

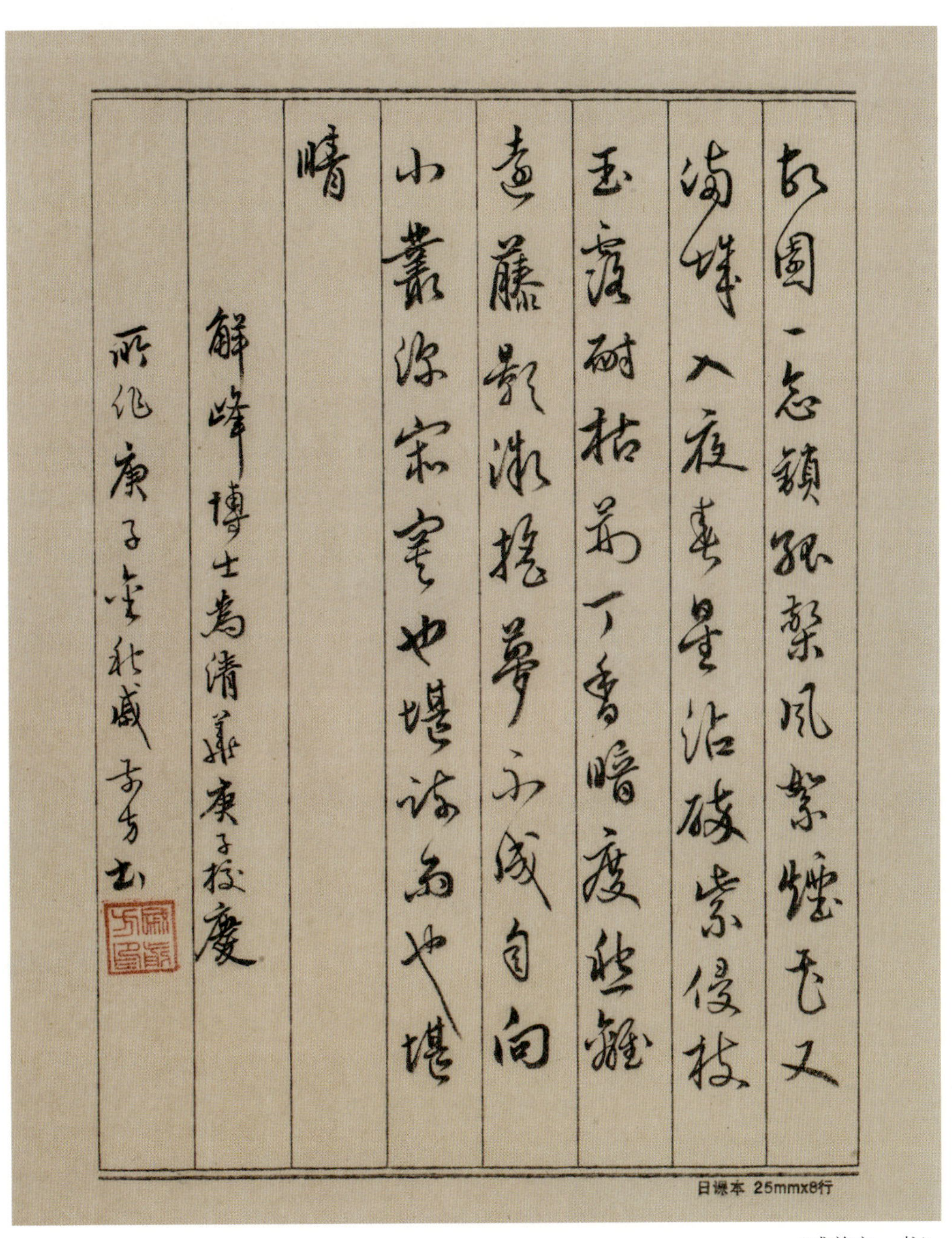

（戚前方　书）

（王玉明　摄）

徐建明

男，1981 年生，云南楚雄人，笔名萧云子。清华大学电子系 00 级本科，04 级直博，毕业后就职于北方集团导控所，研究员，主任设计师；清华大学荷塘诗社副秘书长，对诗词、古琴、茶文化等方面有较深入研究。

抗战胜利七十周年暨西南联大三校纪念
七律·哀之章

徐建明

战火硝烟百姓迁，山河零落退川滇。
湘江几度传鼙鼓，郸下千声咽管弦。
志士丹心终未绝，师生热血可相传。
西南勠力同携手，一旦春晖待凯旋。

【张进先生点评】

《哀之章》是同韵七律中的第一首。五首七律中，前四首以哀、志、战、胜排序，整体是一个逐步抬升，从低潮到高潮的走向。哀为四部之首，从格调上处于最低谷。因此，从一开始首联就点出了抗战前期防御退守的大背景：战火硝烟百姓迁，山河零落退川滇。

百姓迁，中国人自古乡土情重，故园难离，如今是战火之中抛弃锦绣家园，千里迁移，何等痛苦。然而能够迁的百姓还是好的，更多的人欲求迁而不得，惨遭日寇铁蹄践踏，沦为亡国奴，甚至性命都朝不保夕。所以整体而言，是很惨烈的一片。而山河也零落了，原本中华数十省区，大半都已经沦入日寇掌握，后方仅剩西南数省之地，川滇便是最繁华的所在。这两句从人到地，将抗战初期的紧张与凄苦写的一目了然。

但是，如果单纯是以哀为哀，后面再跟着感叹什么民不聊生、焦土遍地、一落千丈，那就落入俗套。在颔联中，虽然还是在讲抗战初期的格局，但在氛围上却有了一次起伏。

湘江几度传鼙鼓，邺下千声咽管弦。湘江，指代湖南。湖南人彪悍骁勇，近代有“无湘不成军”之说。抗战时期，在湖北、广东先后沦陷的情况下，湖南成为西南数省的重要屏障，中日两军曾数次在湖南大战，尤其是四次长沙会战，尸山血海，互有胜败。以湖南一省之战，可代全国抗战之惨烈。

而邺城位于河北，是三国时候曹魏的陪都，也是十六国时期后赵、前燕和后燕等国首都，前燕帝王慕容皝、慕容俊等于邺城大力办学。既然湘江有鼙鼓之声，那么邺下当然不能再安于弦歌一堂，学子们也不可能在敌人的刺刀下继续深造，方有各校南迁之事。

到了颈联，诗歌的氛围已经由哀伤转为沉重：志士丹心终未绝，师生热血可相传。

这里的志士，既可以指学府中的志士，也可以指战场上的志士，乃至于全国敌后或后方的志士。只要丹心如一，身在不同的场合，可以用不同的方式进行抗战。而师生的热血相传，意思就比较单纯，“师者，所以传道受业解惑也”。大道以爱国为先，国难当头，抗战便是业，如何为抗战出力便是惑。因此师生同迁西南，继续学习，本身便是延续中华民族元气，与敌寇持久作战的重要举措。

而在尾联，则将全诗相对压抑的气氛，往上拔成了待飞之势：西南勠力同携手，一旦春晖待凯旋。前面国家危亡，师生南迁，整体说的是凄苦之事。但我们身在西南，心念中原，等待的是抗战终有胜利一天，故园终有重逢之日。在这里，联大师生的苦读，又展现了中国人民捍卫民族生存，坚持抗战到底的决心和信心，并为后面两首《志之章》与《战之章》埋下了伏笔。

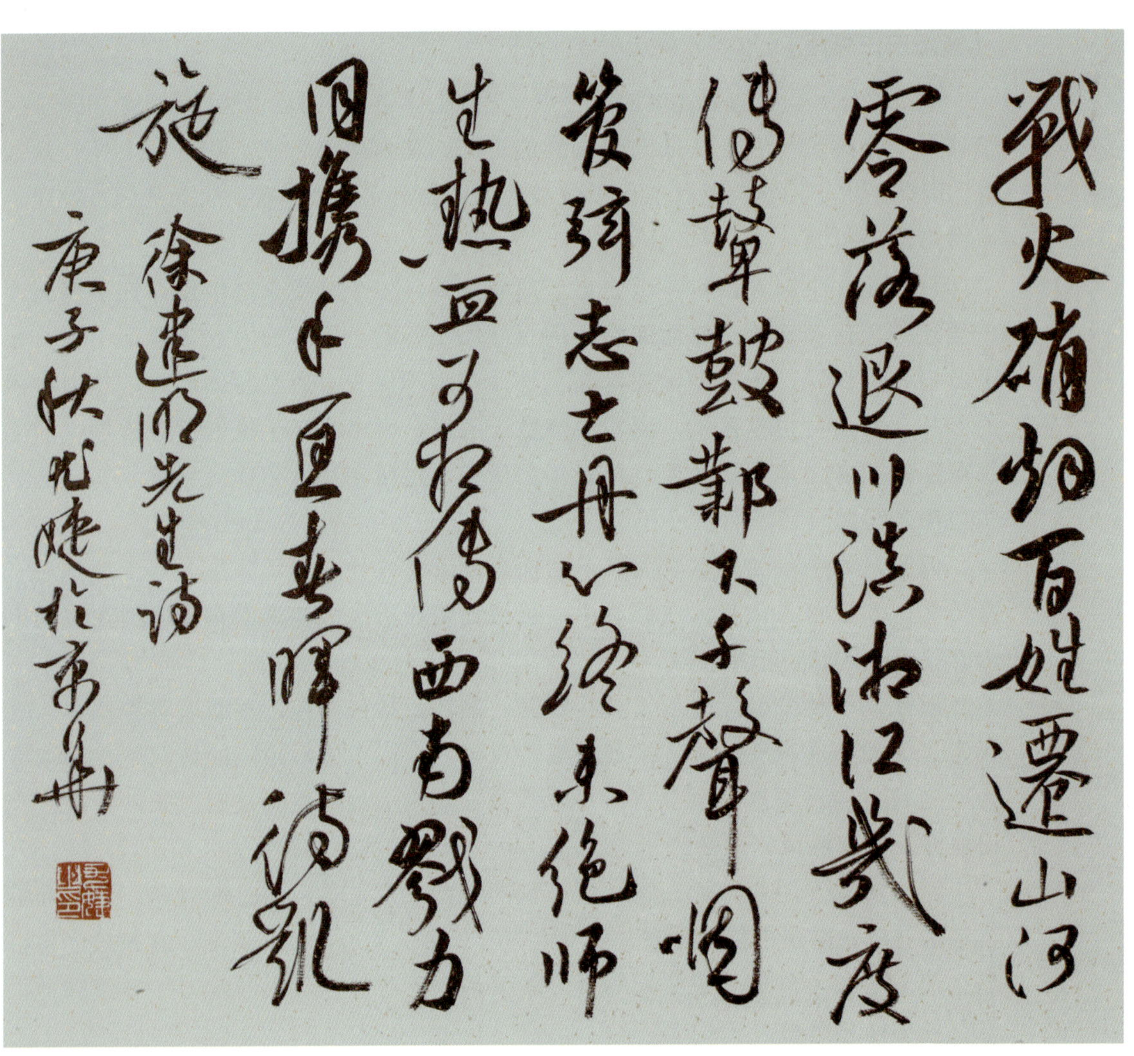

（尤婕　书）

七律·志之章

徐建明

南辞岳麓复南迁，南渡河山始入滇。
国破城春休笔墨，月残风冷恸心弦。
西南受命三宗汇，华夏思源一脉传。
愿以微躯酬战事，未平胡虏不班旋。

【张进先生点评】

《志之章》是五首诗的第二篇。在四首构成的体系中，《志》前承《哀》，后启《战》，是整体情绪从低沉向高昂转换的关键节点。但是，四首诗本身的起承转合，并不是单纯的抑则抑极，扬则扬极这种单纯，而是每一首里面又都有波峰波谷，起落有致。而《志》本身在四篇里面作为中间纽带，这种平仄波澜就更为明显。

先看首联：南辞岳麓复南迁，南渡河山始入滇。此联连用了三个叠字，讲述了抗战初期西南联一路南迁的历史，北方的中华数十省区因为日寇入侵已经沦陷，因此西南联大一路南行，直到退无可退，只能偏安西南一隅，这两句通过三个叠字，将抗战初期的凄苦与艰难写的淋漓尽致。颔联从空间视角转换到时间视角：国破城春休笔墨，月残风冷恸心弦。国破山河在，城春草木深，以杜诗二句化为四字，而抗战八年与安史之乱对当事人的感受确有一致。此处妙在，颔联上半联的“国破”“城春”“休笔墨”，三句皆为动态描写，但残破之国却是一片死寂，而在国破之后，春景之城纵有草木复生，总难逃寂寥。“休笔墨”，笔墨既“休”，剩下的也就是落寞。可以说，上阙以三个动词短语，却写出了一片静态。相反，下半联的“月残”“风冷”本是萧然静景，但“恸心弦”，心弦既为之悲恸，自然要发出悲声，且这心中之声，凄苦何止剩于身外之身十倍。于是静中又忽然爆发出动来。

静动起伏之间，颈联又从颔联的言自己，言身心，言风景，言感受，迅速扩张视野到了全国的大局：西南受命三宗汇，华夏思源一脉传。意思写得非常明白，抗战时期的联合大学，并不单纯是教育机构搬迁或者师生逃难这样简单，它实际上承载的是中华民族危难之际，保全民族文明与民族未来的战略举措。文化不亡则国不亡，日本帝国主义在沦陷区大力推广奴化教育，目的都是在此。反之也可见西南联大的重要意义。

而在尾联，则是学子发出的铿锵有力的宣言：愿以微躯酬战事，未平胡虏不班旋。西南联大师生受到感召，准备亲自上前线，愿以羸弱的书生之躯，为抗日战事酬一份绵薄之力，并约定不将日寇击败，就不回转。此联符合当时的实际情况，大量知识青年投笔从戎，奔赴前线抗战事业，并作出了卓越的贡献，清华主题的电影无问西东里曾对此有过深刻的描述，英雄飞行员沈光耀投笔从戎，为了击退日军空袭，慷慨赴死撞向敌机，令无数人泪目。此联将前三联的沉郁之气一扫而空，体现出了西南联大师生不仅有爱国情怀，更有以身报国的决心和壮志，更开启第三首的主题。

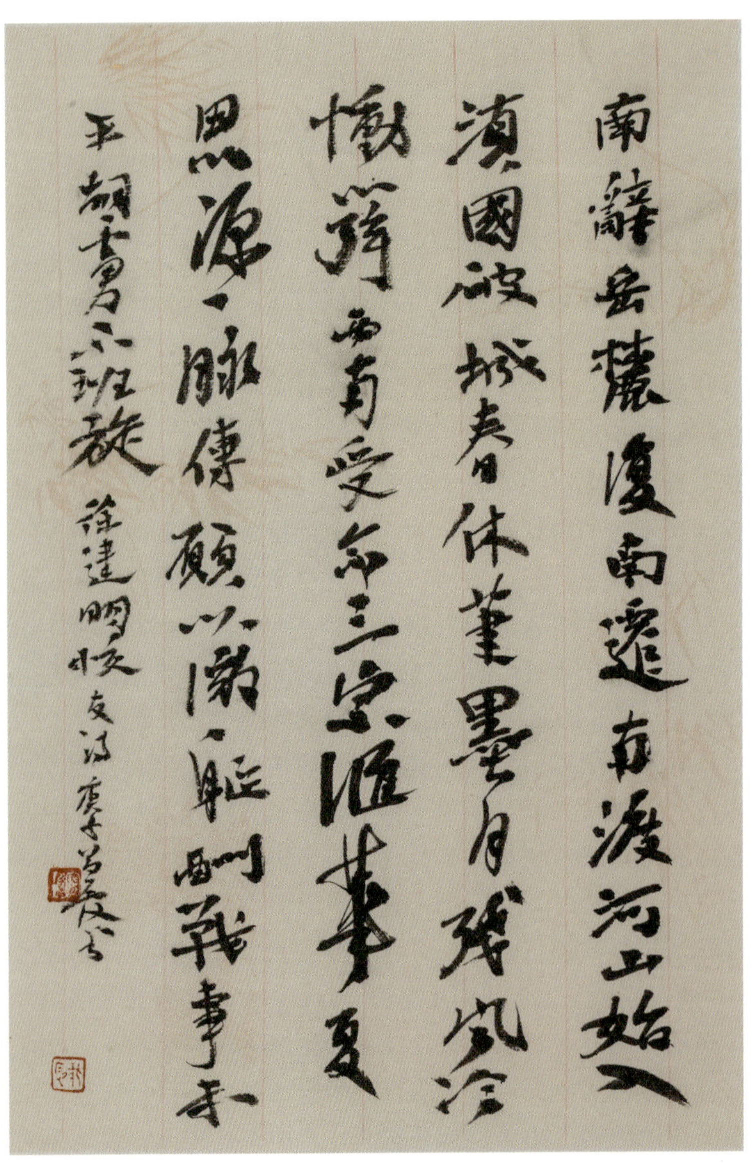

（蔡梦霞　书）

蔡梦霞，生于广西南宁，祖籍江苏泰州。中国书协女书家委员会委员。中央美院书法博士毕业，导师为王镛教授、薛永年教授。2008—2010年在清华美院博士后流动站工作，合作导师为杜大恺教授。现为中央美院中国画学院副教授。著有《魏晋书法视觉形式研究》（人民美术出版社）、《闲听秋水——蔡梦霞书法作品集》（中国美术出版社）。作品多次参加全国书法篆刻展，其中五届中青展获奖。

七律·战之章

徐建明

西南八载故园迁，为复河山又出滇
愿报国家修技艺，便投诗笔挽弓弦
楚虽三户堪亡政，士若沉舟志可传
吾辈慨然抛热血，金陵城外誓周旋

【张进先生点评】

从结构上看，《战之章》是整组诗的高潮，之前的哀、志的情绪不断积累，在战中达到了高潮。这一首单讲知识青年从军，是有历史背景的。抗战后期国民政府在印度组建美械装备、美式训练、美国后勤体系的“驻印军”，是当时第一流的精锐，确实就有大批知识青年从军。首联叙述大背景和梗概，点出战的目的，是为了收复河山，颔联讲述投笔从戎的思绪，为了国家的光复，放下诗书，投入到实际的战斗中，颈联用了“三户亡秦”和“破釜沉舟”两个典故，而且都是秦楚之交的，很有参照意义，铿锵有力，很好地渲染了《战之章》的决心。而尾联则发出洒血复旧都的最强音。在抗战时期，西南联大不仅在文化和学术的延续上起了重要贡献，更有不少师生亲赴抗战一线，为抗战胜利做出了重要贡献，这在抗战时当然是普遍的一种热血精神，爱国救亡，不仅仅落在朱自清、闻一多等联大老师身上，更落在了奔赴前线的师生们的行动上，真实地体现了清华大学行胜于言的校训，这也是对爱国情怀的一种升华。

西南八載故園還為復
河山又出滇願報國家脩
技藝便投詩筆挽弓弦
楚雖三户堪亡政士若沉
舟志可傳吾輩慨然抛
熱血金陵城外誓周旋
徐建明先生詩
庚子秋月 陈思书

（陈思　书）

七律·胜之章

徐建明

百战峥嵘局势迁，征程漫漫故离滇。
殇亡烈士归千宿，梦底哀思诉七弦。
赤县江山一旦复，炎黄道统百年传。
满川风雨终消散，来日班师奏凯旋。

【张进先生点评】

《胜之章》讲述的是胜利后的喜悦。喜悦。抗战的胜利让当时的全国成为了一片欢呼沸腾的海洋，人民如痴如狂地庆祝，抒发胜利的激动之情。而本首七律，好就好在含蓄。狂放容易，收敛却难。首先对胜利的描述，是逐层展开的。首联仅仅提到了战斗过程。颔联甚至反而是哀思，用阵亡烈士的死和存者的伤来表现战争的残酷与代价的巨大。直到颈联和尾联，才一气点出江山恢复，风雨消散，一派风和日丽，有杜甫“直从巴峡穿巫峡，便下襄阳向洛阳”的风格。这里面唯一的一点瑕疵或许是“百年传”。若以历史而论，炎黄道统是数千年传；若以鸦片战争而论，百年传是对近现代因为战争而中断的炎黄道统的一种延续，因为前面用了“殇亡烈士归千宿”，所以此处用“百年传”对“一旦复”，指的应该是对百年间中断的道统的一种延续，而非指炎黄道统传承的时间。

百戰崢嶸局勢遷
征程漫漫故離滇
殤亡烈士歸千宿
夢底哀思訴七弦
赤縣江山一旦復
炎黃道統百年傳
滿川風雨終消散
來日班師奏凱旋
徐建明先生七律組詩其一勝之章
庚子仲秋石光

（石光　书）

七律·忆之章

徐建明

七十年来岁月迁，西南遗迹尚存滇。
春城日暖看花事，赤县笙歌听管弦。
南渡三园终复址，先贤风骨永相传。
炎黄大业于斯盛，龙舞东方已运旋。

【张进先生点评】

《忆之章》在全部五首中与前四首截然不同，因为它不是记叙当时的事情，而是今人的回忆，可谓升华与点睛。毕竟“所有的历史都是当代史”，学习历史或感叹历史，最终的抓点都还在今日。本首的重要抓点是每一联的对仗都是小大相合。首联以七十年岁月对存滇遗迹，时空相对；颔联以春城对赤县，一隅对九州；颈联以南渡三园对先贤风骨，以地对人，以校址对国风。三组对仗，实际对比的则是今昔的不同。而在尾联，再点主题。追忆历史，为的是理解今日。今日之时运已经远远好于七十年前，但这并非天赐地生，而是无数先哲数十年来流血流汗奋斗而来。那么今日之我们该如何从事，也就不言而喻了。

总纲：五首虚实结合、古今并举、动静兼用、人事同叙、时空分行，通过一系列的点，连贯成线成面，从而将读者的目光引入波澜壮阔的历史、现在与未来之中，唤起我们身上的责任与气魄来。

【王玉明院士点评】

徐建明（萧云子）博士和张进（叶飘零）先生，是前些年我任清华大学荷塘诗社社长时在荷塘有缘结识并介绍其入社的忘年交诗友。后来证明，他们两人都是诗词高手，诗思敏捷，出口成章，诗词高产优质。从云子写西南联大的这五首七律就可见一斑。同一题材，一吟五首，格律严谨，修辞典雅，意蕴深沉，实属不易。其实，这五首并不能完全代表云子诗词的风格，我认为，清新流畅才是其诗词的主要风格。

七十年來歲月遷，西南遺迹尚存滇。春城日暖看花事，赤懸笙歌聽管弦。南渡三園終復址，先賢風骨永相傳。炎黃大業於斯盛，龍舞東方已運旋。

徐建明七律 憶之章 歲次庚子之仲秋於福州閩水之濱長安山居 清溪藍田徐東樹書

（徐东树　书）

徐东树，福建师范大学学术委员会委员，美术学院教授，博导。南京艺术学院美术学博士，清华大学美术学院艺术学博士后。中国书法家协会会员，福建省逸仙艺苑副理事长，福建省书法家协会常务理事。

刘马林

男，1982 年 1 月生。清华大学核能与新能源技术研究院教研系列副教授，博士生导师，新材料研究室副主任。2000—2009 年就读于清华大学化工系，获工学学士和博士学位，其间 2008—2009 年在美国俄亥俄州立大学留学。此后入清华大学核研院工作，研究方向为先进核燃料设计、制备与性能评价，曾获清华大学"学术新人"奖，中国核能行业协会科技进步一等奖等奖项。喜好诗与远方，现为清华大学荷塘诗社社员，核研院虎峪清风社成员，部分文学作品收录于《荷声诗韵》《虎峪清风社十年文集》等。

风入松·虎峪甲子记（中华新韵）

刘马林

前贤拓路燕山沟。汗撒春秋。核潮跌宕魂不改，六十年，正脉曾休？高温低温共舞，国内国际一流！　聚心凝志史书留。艺传神州。应怜纸上家国误，叹华夏，实业谁筹？都借文章言事，无非稻粱相谋！

注　本词为纪念 2020 年清华大学核研院在虎峪山沟成立一甲子而作，忆往昔峥嵘，叹四唯之风。高温低温分别指高温、低温核反应堆。

【王革华先生点评】

这是一首饱含深情之作。语言平实，直抒胸臆。上阙是对核研院六十年艰苦奋斗终登核能高峰的由衷赞叹。“核潮跌宕魂不改”“国内国际一流”，身为核研院人，强烈的自豪感跃然纸上。下阙笔锋一转，从对科技报国的赞颂转到对空谈误国的忧叹。“都借文章言事，无非稻粱相谋”既是辛辣的鞭笞，又是拳拳的爱国之情。

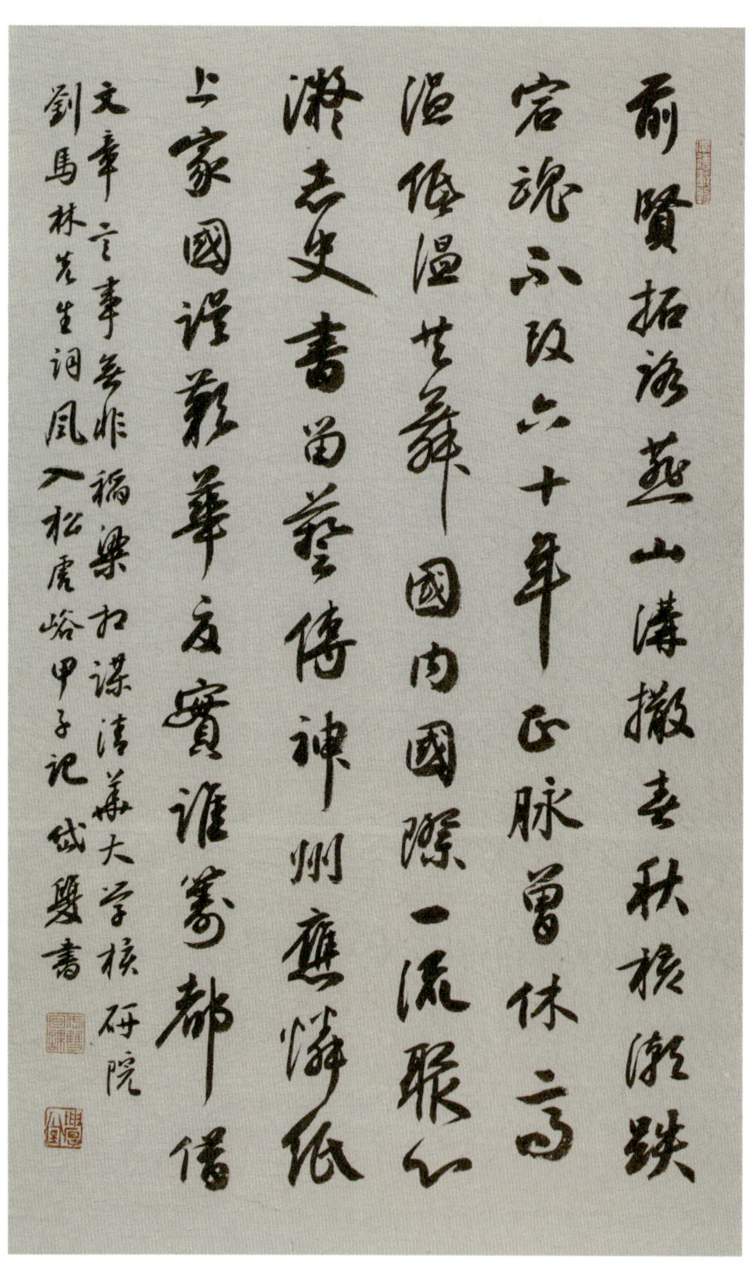

（晁岱双　书）

张进

男，1982 年 8 月生。笔名叶飘零、新叶飘零、叶好龙，清华大学化工系 2000 级本科，2007 年 1 月硕士毕业，连续创业者，先后从事化工、互联网、金融投资、企业服务等多个行业，资深网络作家，著有长篇小说《飘零传奇系列》《三国九之蜕虫》《求仙录》《盛世回春演义》等一千余万字，诗词约有四十万字。

临江仙　重观毕业照

张进

忆昔名园池上饮，抚廊无限春风。高门一别各西东。行来多少事，画入此图中。　二十年前君是我，韶华不惜时空。彩虹飞去太匆匆。惊回银幕里，频索故人踪。

【徐建明先生点评】

此词以毕业照起兴，采用倒序手法，回忆毕业前旧事，直到画入此图中，才点明是看毕业照引起的回忆，下阙起句意蕴深刻，二十年前君是我，在是与不是之间，引出无限感慨，进而点出对逝去韶华的感慨和唯有重看画面回忆旧事的无奈，深和诗词凝练含蓄深远的写法，此词用词古雅，虽然是现代词汇入诗，但无一字是现代意向，与陈与义《临江仙》有异曲同工之妙而又不落窠臼，实乃实验体（现代词汇入诗）佳作。

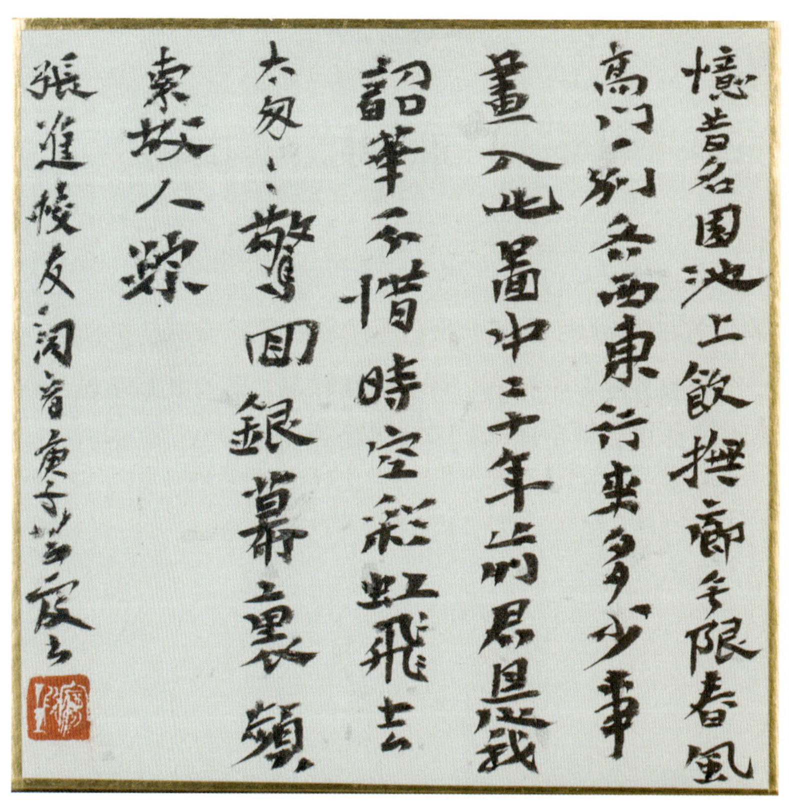

（蔡梦霞　书）

满江红·秋返校园荷塘对月

张进

菡萏香销，换一池，碧云秋色。鸿飞尽，叶残枝老，此情犹热。照我应留孤树影，怜君空对他乡月。久凭栏，石径夜来风，头飘雪。 青春梦，随风别。中年梦，从谁说。但苦心谋尽，稻粱余屑。家国志同秋水远，行踪几负山河托。待从头，收拾故园程，重相约。

【徐建明先生点评】

此词起句极为凝练，菡萏香销，碧云秋色，寥寥数语，写出了荷塘寂寥空阔的景象，然后鸿飞尽，叶残枝老，此情犹热，宛如空际转身，话题一转，转到了自己的一腔热情上，对比极为强烈，“照我应留孤树影，怜君空对他乡月”是此词亮点，工整的对仗，强烈的对比，写出了古人望月固有的情怀，例如“海上生明月，天涯共此时”，不因人物时空而变化的明月，更对比出词人对人生际遇的感慨，“久凭栏，石径夜来风，头飘雪”。收尾简洁有力，留下了无限的想象空间。下阙是词人借望月引发的对人生的感慨，从青春梦到中年梦，道尽了人生沧桑，但是无论如何为稻梁谋，心中的家国壮志，山河重托，依然还有重相约的热忱。也点明了上片中的此情犹热，遥相呼应。此词结构严谨，上片起兴，下片抒情，用词凝练空阔，格调深沉中又不失热血壮志，深合词法之旨。末句用了岳飞满江红同样的写法，让人不禁有了一种岳武穆家国情怀的代入感，更点出了词人心境。

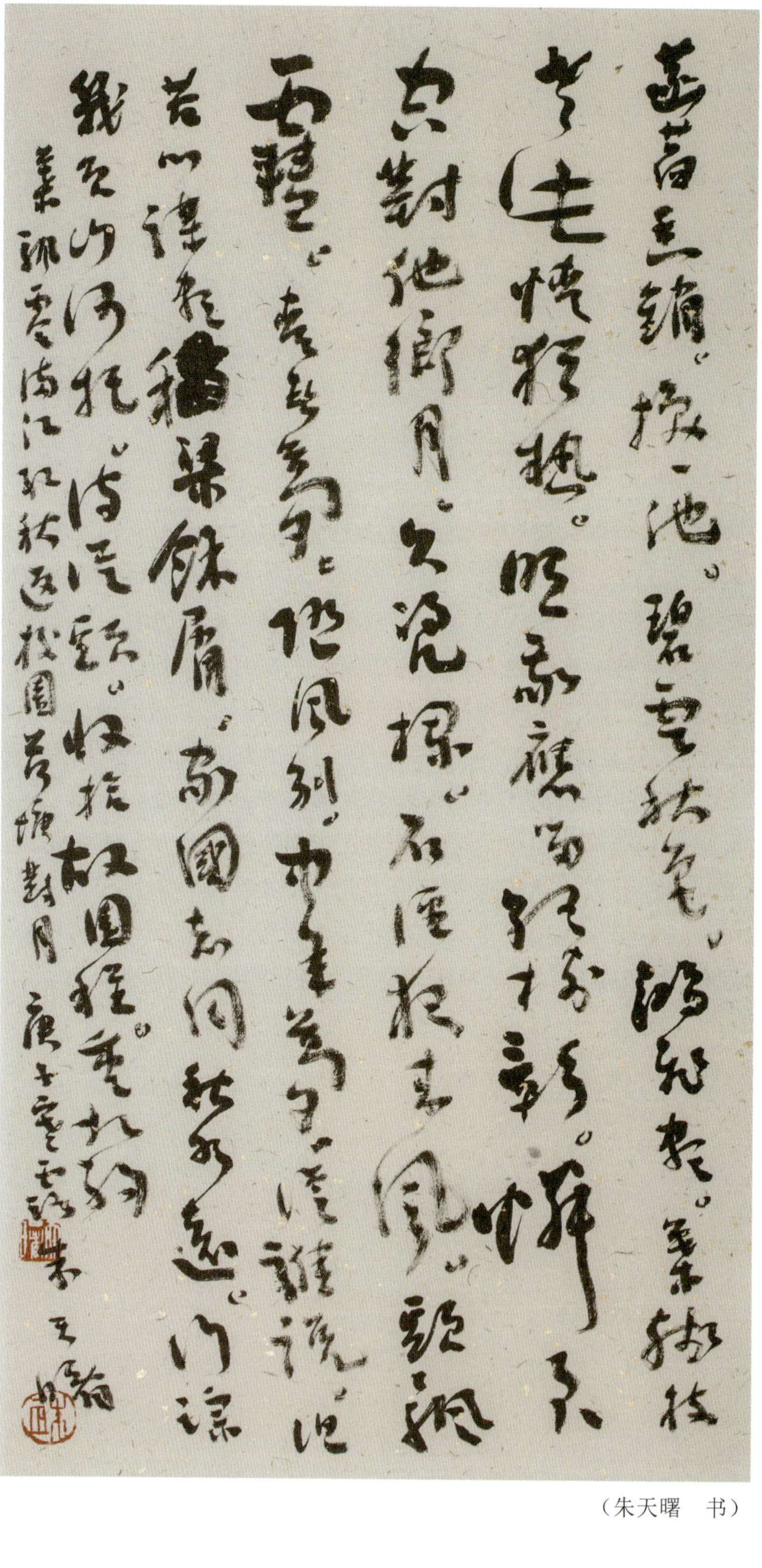

（朱天曙　书）

五律·返校同门会

张进

去岁何曾忘，青春共学堂。
师门重会面，儿女各成行。
治世同筹略，齐家亦有方。
捐金谁巨亿，能话旧恩长。

【徐建明先生点评】

此诗以回忆起句，通过青春少年时共同求学的旧事，点出此次聚会的原因，从师门到儿女，形成强烈的对比，治世同筹略，齐家亦有方。既写出了分别后大家的境遇，也写出了生活的近况，工而不媚，颇有儒家君子情怀，尾联应是席间调笑，生动地再现了聚会的现场。此诗乃同门聚会趁时而作，庄而不谐，深和儒家之旨，语境深扣聚会场景，画面感很强，令人宛如亲见。

（王玉明　摄）

去歲何曾忘青春共學
堂師門重會面兒女各
成行治世同籌略齊家
亦有方捐金誰巨億能
語舊恩長

張進先生詩
庚子秋於京師澄心齋　高文興

（高文兴　书）

（王玉明　摄）

李成晴

男，1987年8月生。山东淄博人，清华大学人文学院博士、国学研究院博士后，现为清华大学人文学院写作中心讲师，研究方向为唐宋文学，著有《集部文献丛考》（中华书局，2020年）。

七绝·南院三首之己亥十一月初四日夜初雪

李成晴

微寒满袖因帘卷，木叶垂云自远岑。
新雪相逢如旧友，南阶共读一灯深。

【解峰先生点评】

诗人于新雪时卷帘而观，苍山云海，寥廓之意直近眼前。结句将雪转为人，月色与雪色之外，人间还有第三种绝色，那是诗人所崇尚的高洁品格，也是谈艺读经以继绝学的不息灯光。

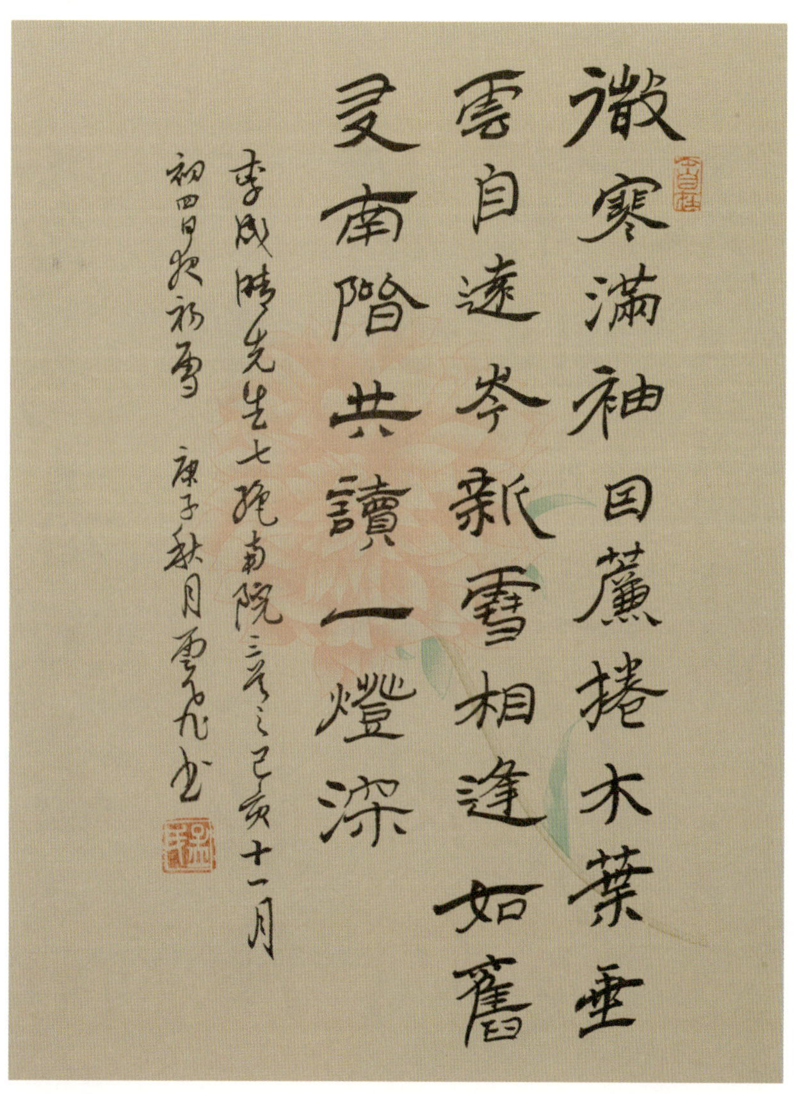

（孟云飞　书）

孟云飞，男，1972 年 8 月出生于河南。2001 年考入首都师范大学攻读书法专业博士学位，2007 年进入清华大学艺术学博士后流动站，现供职于国务院参事室。教授，博士研究生导师，国防大学艺术中心研究员，中国书法家协会会员。

七绝·南院三首之移居

李成晴

窗为看山尽日开，同堂三世久敦陪。

榲书漫检思何事，水木因缘别复来。

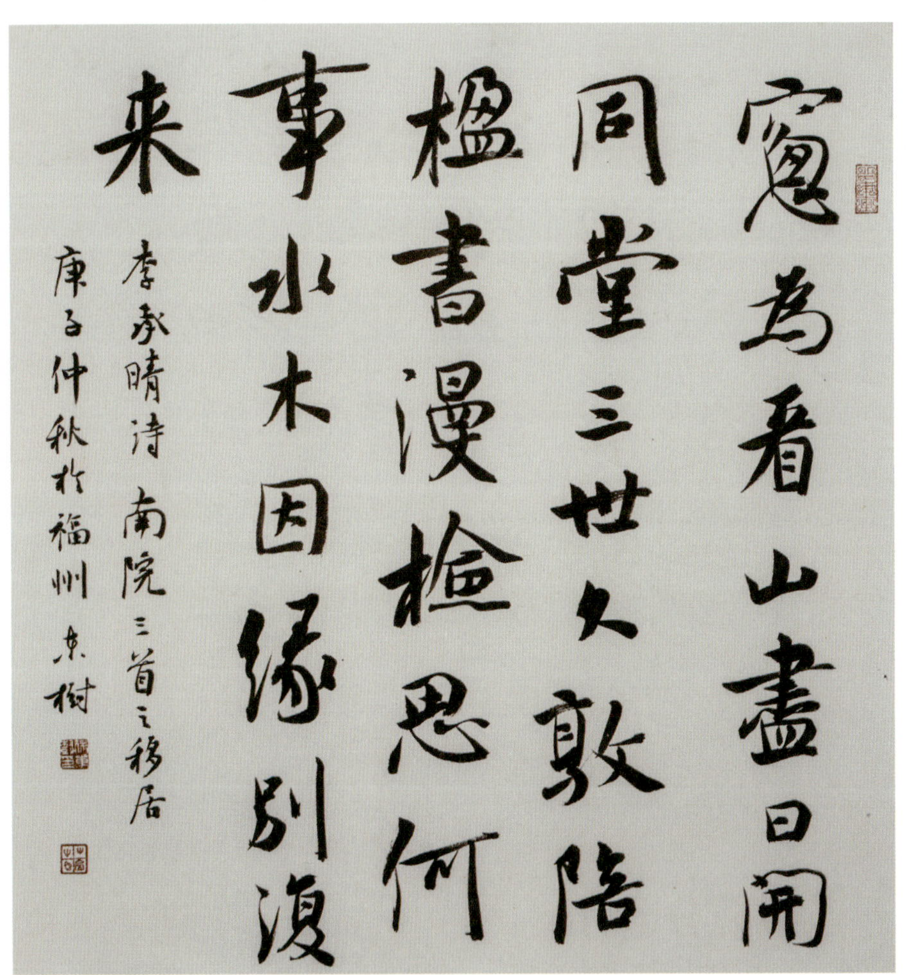

（徐东树　书）

七绝·南院三首之照澜院桐花一首和个厂先生偶见韵

李成晴

人自窥园朵自垂，檐头浅绛已累累。

夜经春雨无声润，晓对南风次第吹。

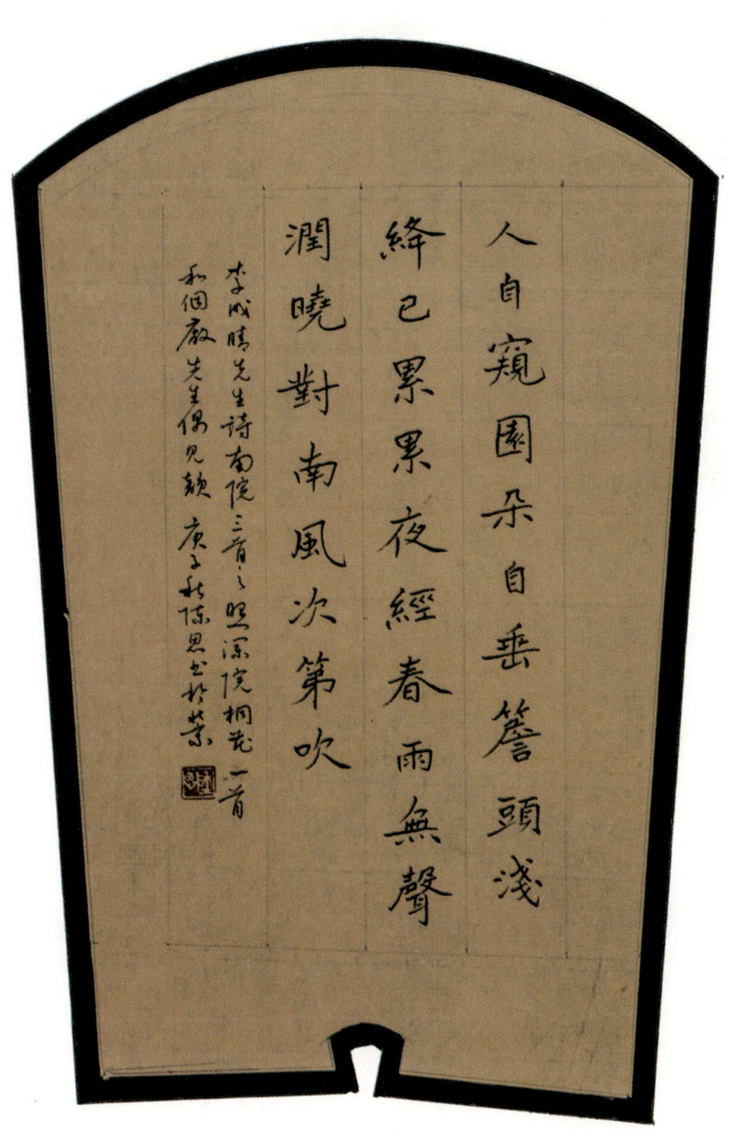

（陈思　书）

齐厚博（齐妙）

女，1991 年出生，2016 年进入清华大学核研院攻读博士学位，毕业后入职清华大学党委研究生工作部。爱好广泛，擅长主持与诗词写作，央视《开讲啦》节目常驻青年代表，《诗书中华》《向上吧诗词》等节目嘉宾，曾在央视《机智过人》节目中作为人类检验员对战 AI 诗词。

七律 清华园迎新有感

齐厚博

京师北望燕山倚，雅韵林园古意萦。
水木清华非幻境，芝兰玉树有佳名。
芙蕖含笑蝶来舞，桃李无言风自倾。
漫壁藤萝书梦影，巍巍邺架盼新英。

【王革华先生点评】

这首诗欢快、明快，寓情于景，情景交融。颔联实中有虚，颈联虚中有实，形象生动地表达了对清华园的由衷赞美。尾联的“藤萝”“邺架”让人感受到了幽幽的书香，不经意间流露出迎接新生的喜悦，以及对工作的热爱。全诗用词考究而不晦涩，轻松自然，是一篇佳作。

（李哲　书）

梁东

男，1932 年 5 月生于安徽省安庆市，中华诗词学会顾问，中华诗词研究院顾问。曾任中国文联全国委员，中国作家学会全国委员，《中华诗词》创刊社长，中国书法家协会理事。

七绝·贺清华 110 年校庆寄意清华

梁东

万里寰球夏亦寒，荷塘月色独皤然。
清芬自有中华志，战地耘天不下鞍。
（2020 年 7 月）

【韩倚云女士点评】

庚子年是特殊的一年，全球因疫情困扰，打破了正常生活习惯，独在清华感受到生机盎然，可见百年涵养之深厚，全诗大气开阔，足见诗人之胸襟！

【王玉明院士点评】

诗书大家梁东老师应我之邀，为本书特意赋诗并写成书法作品惠赠，特表谢意！

梁先生是中华诗词学会创始人之一，与杨叔子院士等一起，在诗教方面也做出了重大贡献。此外，梁先生还胸怀宽广，不遗余力提携后学，本人就得到过先生的指教、鼓励和鞭策。

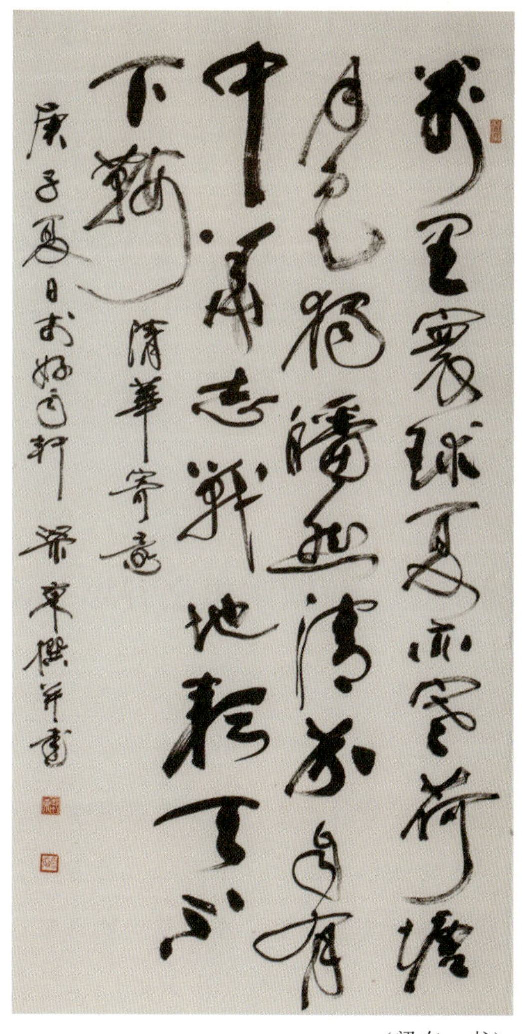

（梁东　书）

林峰（中国香港）

男，1934 年 1 月生，广东梅州人。寓居香港，专业会计。香港诗词学会创会会长，中华诗词学会第三、四次全国代表大会主席团成员。作近体诗 5000 首，辑峰回团诗系五集。作新诗万行，辑《时代的回声》及《天声海韵》二集。主编有《近四百年五百家诗选》及《中华历代慷慨诗词选》等大型诗刊。

七律·王玉明院士《荷塘幽思之春思》读后用先韵奉答

林峰（中国香港）

小桥流水出山前，野店鸡声又一天。
发白发青心未老，花开花落月重圆。
寒塘浅水终成节，翠影红衣胜去年。
春色恼人思万里，吟诗抱雨枕香眠。

（2020 年 7 月 5 日）

【莫真宝先生点评】

用韵唱和是古典诗歌的应用形式之一，也是诗人交流感情、切磋诗艺的重要途径。林峰先生读王玉明院士《春思》而唱和，题中何以要标明“用先韵奉答”呢？检王院士原作，其韵脚字分属平水韵不同韵部：“寒”属寒韵，“甜”属盐韵，“圆”属先韵，“南”属覃韵，“眠”属先韵。此诗盖用《中华通韵》之安韵，林先生唱和之作却谨依平水韵。因“先韵”字在原作中使用过两次，故取以为韵。敦厚谨严，和而不同，前辈风范可借此想见之，不特情见乎辞也。

【王玉明院士点评】

林峰先生这首用平水韵唱和拙作（新声韵，先生对该拙作的点评请见前面），首联就化用了马致远《天净沙·秋思》中的“小桥流水人家”和温庭筠《商山早行》中的“鸡声茅店月，人迹板桥霜”中的佳句，从而造出一种纯净寂寥的诗境，正是王国维所说的“造景”功夫的体现。

颔联承首联之境，抒发“心未老”“月重圆”的心态。颈联转到描写清华园的景致“寒塘浅水”和“翠影红衣”，并且“胜去年”。尾联升华：“思万里”，“枕香眠”，紧扣唱和之题，赞美一种神交的高雅情怀。

林峰先生书香门第出身，国学功底深厚，作格律诗5000首，新诗万行，尤其是各种格律诗体中最难写好的七律，更是其所长，当今少有比肩者，因此我曾称之为“七律圣手”，尽管先生谦虚，不让我这样称呼。

（王玉明　摄）

附　王玉明院士原作

五律·荷塘幽思
其一　春思（新声韵）

春夜腊梅香满园，荷塘漫步沐轻寒。
蟾宫有泪莹光冷，水面无风月影圆。
恩典鞠躬朝塞北，诗情闭目忆江南。
幽思脉脉人声寂，独享良宵不忍眠。

（2009年春初稿，2020年12月25日修改定稿于北京至杭州机上。）

注　“塞北”和“江南”均为泛指，“塞北”实际上是指我的故乡吉林省梨树县，是对我恩泽极深的父母的安葬之地。

【叶嘉莹先生点评】

四首都很好，景真情挚，意境俱佳；并将《秋思》颔联标识为佳联。

【周笃文先生点评】

郑伯农先生在《王玉明诗选》首发式上的致辞中，精辟地阐述玉明院士的诗词风格，他以“清新、清秀、清幽”概括诗人的主体风格，是很到位的评价。的确玉明先生的作品是以“清”立骨，而自具面目的。比如其“蟾宫有泪莹光冷，水面无风月影圆”与“人间智慧神奇蕴，寂寞微球飘九天”，皆清以运之，奇逸无比，令人为之刮目。

【林峰先生（中国香港）点评】

读荷塘幽思之一春思，使人沉醉不已！月夜春思，良宵不眠，思之深也！“恩典鞠躬朝塞北，诗情闭目忆江南”纵横捭阖，思之万里矣！塞北江南之思，能不是君子之思、爱国之思乎！吾读之再三矣！

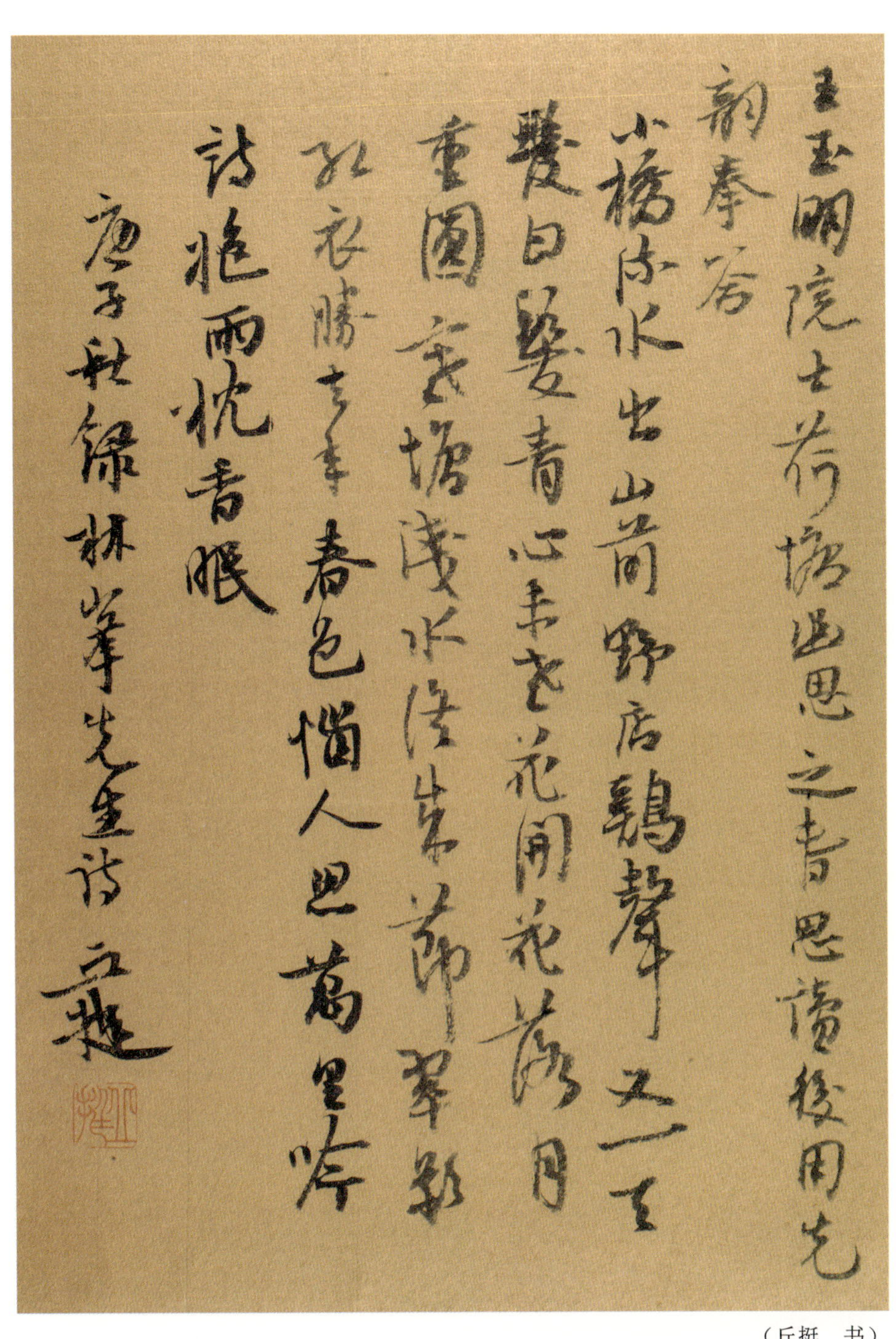

（丘挺　书）

郑伯农

男，汉族，1937 年生，福建长乐人。1962 年毕业于中央音乐学院。现任中华诗词学会名誉会长，中国作家协会原党组成员、《文艺报》原总编辑。

楹联·迎清华 110 年校庆寄王玉明院士

郑伯农

学兼文理工，名园出栋材，久期科技兴邦，攻关夺隘倾全力；

诗继谢王孟，妙笔生佳句，喜看风骚逐梦，悦耳清心传四方。

（2020 年 7 月）

【莫真宝先生点评】

此长联固系寄赠之作，亦寓受赠之人以评价赞美之意也。联语紧扣受赠者而言：上联彰显其科学家身份，赞其学有所用；下联称扬其诗人修为，颂其文而行远。合而观之，张弛有度，揄扬得体，洵非应景之浮辞，实乃真切之定评。然亦有言：倘易“栋材”为“栋梁”、“清心”为“清音”，以此质之先生，不知以为何如？

【王玉明院士点评】

楹联与格律诗有极为密切的关系，不仅修辞要对仗，平仄也要相对，并且内容更要十分精炼。该楹联赞我“诗继谢王孟，妙笔生佳句”，实不敢当！

2008年清华大学校庆，荷塘诗社成立，我的第一本诗集《王玉明诗选》首发，伯农先生作为中华诗词学会会长代表学会致辞时，以知音评论家的身份对我的诗词进行了发自肺腑的点评；2011年又为我的第二本诗集《荷塘新月》撰写序言。至今我们一直是彼此心灵相通的好友。本来伯农兄目前身体欠佳，仍不辞辛劳，惠赠长联，十分感动和感谢！

學兼文理名園出棟材久期
科技興邦攻堅奪隘傾全力
詩繼謝王盡妙筆生佳句喜看
風騷逐夢悅耳清心傳四方

鄭伯農先生祝賀清華一百一十周年校慶
寄王玉明院士　庚子秋月雲飛敬書

（孟云飞　书）

张桂兴

男，1944 年 12 月生，籍贯河北隆尧县。1961 年入军校，中共党员，1985 年转业，原北京市民政局副局长。曾任中华诗词学会副会长，北京诗词学会会长。《北京诗苑》主编，先后主编《中华诗词文库》（北京现当代卷）、《诗论选》《燕京诗韵（丛书）》等。著有诗集《鸟巢集》《路石集（张桂兴卷）》等。

七律·贺清华大学 110 周年雅集

张桂兴

古来文理本相通，水木清华笔墨浓。
自有明师传校训，焉无娇子继松风。
晨吟韵律荷塘雨，晚仰楼台桂月宫。
追梦欣逢春日好，一花引得百花红。

【韩倚云女士点评】

首联写“文理兼工”，王院士起到了典范作用，而清华亦是一所文理兼精的综合性大学。颔联的“名师传校训”与“娇子继松风”直接点明了清华的师生特色，为全国第一流，其中“名师”对“娇子”甚是工整，足见诗人技法之高超。颈联用景语写清华的国际地位，甚是打动人，且信息量极大，胜过直述千言。“一花引得百花红”句，点评清华的典范作用。诗人无论从取材角度还是从技术上，都是才思别具，不愧律诗中高手。

【王玉明院士点评】

此诗韩倚云博士已有点评，我不再重复。

桂兴诗家是原中华诗词学会副会长、北京诗词学会会长（我是副会长），欣然接受我代表诗社对他的邀请，担任该书编辑顾问，并命笔赋诗，特表谢意！

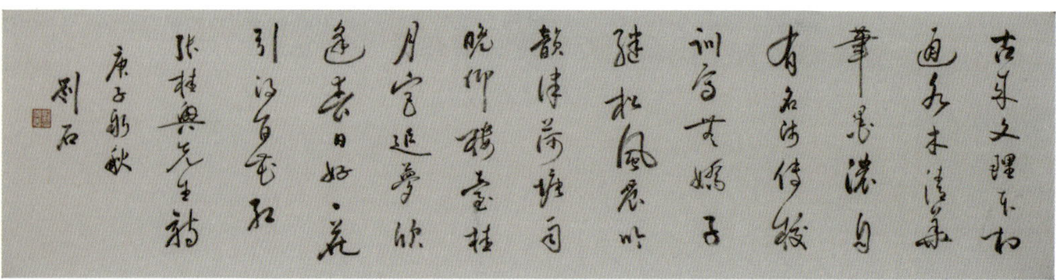

（刘石　书）

郑欣淼

男，1947 年 10 月生，陕西省澄城县人。曾任文化部副部长、故宫博物院院长，现为中华诗词学会会长。从 20 世纪 60 年代中期以来学习诗词写作，先后出版《雪泥集》《陟高集》《郑欣淼诗词稿》《诗心纪程》等。

齐天乐·首届中华诗人节在荆州举办

郑欣淼

雅风骚韵从何说？吟坛满天星斗。李杜三唐，苏辛两宋，元曲四家挺秀。几多妙手，看列嶂绵连，斯文渊薮。诗国煌煌，千秋一脉漫回首。　　纪南残址夕照，且魂招屈子，兰蕙依旧。激荡风云，悲欢世事，更骋灵心绣口。吟家抖擞，任豪气柔情，短章宏构。幸遇良辰，岂能时代负？

（2008 年 6 月）

【莫真宝先生点评】

于屈子之乡主办中华诗人节，诚新中国诗坛之大事、盛事。以〔齐天乐〕咏之，取词牌之字面意义，正不必斤斤拘泥于古贤之囿，继往而寓开新之意也。本词立意雅正而宏大。起拍言“骚风雅韵”，非惟“骚”“雅”乃中国诗歌最早之两座高峰，亦以此结构全词。上片历数“煌煌”“诗国”之灿烂群星，实寓敬意于其间；下片寄望当世“吟家”以其“短章宏构”踵武前贤，抒发不负良辰、不负时代之壮思逸兴，正应时应景，且与作者身份相符。过片“纪南残址夕照，且魂招屈子，兰蕙依旧”，绾合古今，思致精巧，结构缜密。

【王玉明院士点评】

欣淼会长是文化界大家，在身体欠佳的情况下仍然答应做该书的编辑顾问，并提供了综论诗词的旧作，令我十分感动！

欣淼先生作为中华诗词学会会长，于 2018 年清华大学校庆时为我的第三本诗集《心如秋水水如天》撰写序言并在首发式上发言，借此机会再次表示衷心感谢！

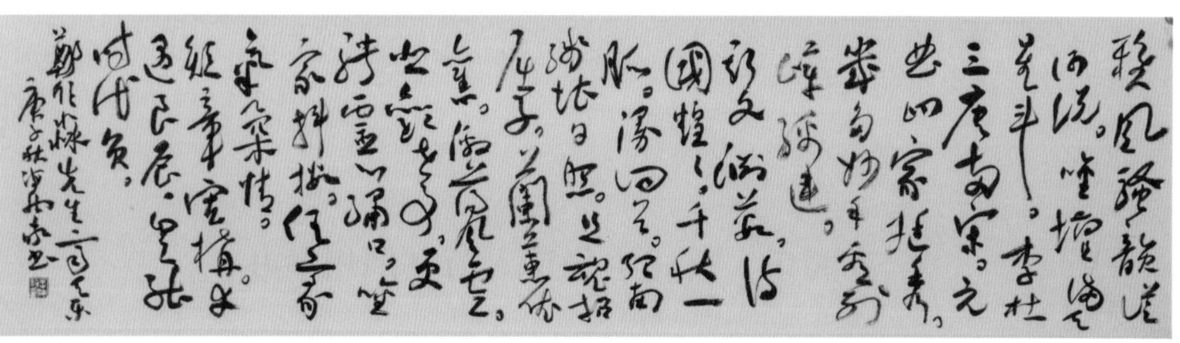

（王海钧　书）

钟振振

钟振振，男，1950年生。南京师范大学教授，博士生导师。中国韵文学会会长，中华诗词学会顾问。曾应邀在耶鲁大学、斯坦福大学等海内外百十所名校讲学。业余从事诗词赋创作，多次在海内外诗词、辞赋大赛中荣获金、银奖。

清华百年校庆赋

钟振振

清华水木，浴火凤麟。园囿仍京郊之旧，门墙辟国学之新。

勇夫知耻而思；仁者躬行以力。多难兴邦，同仇忾敌。当瀛蝮之虎眈，举溟鲲之鹏翼。

树冬柏及春松，栋梁诸夏；联南开与北大，萤雪滇西。洎河山之光复，爰跋涉以荣归。

尔乃覆地翻天，扬清激浊。壮志竟成，快鞭先着。

两弹一星，亮神州之长剑；群科多士，布奇子于大盘。或鼎彝学界，或领袖政坛。风云叱咤，海岳瞩瞻。

所贵乎今古贯通，中西荟萃；融理汇文，有教无类。攻关必克，迭报探骊；修业能精，时闻折桂。

勤锻炼以雄其体魄，尚文明以涤其灵魂。既路遥而任重，须红透且专深。惟新惟高，待实现八六三计划；不屈不挠，要弘扬一二九精神。

试看镆铘在冶，争为踊跃之金；坎坷弗辞，甘做康庄之石。大音希声，厚德载物。行健无疆，自强不息。尺璧可轻，分阴当惜。念兹在兹，今夕何夕？

噫吁嚱，月色荷塘，清澄如故；烛光兰灺，炽热未灰。人寿难期，故百年之可庆；川流易逝，诚一瞬而莫追。昨日辉煌，已存青简；前程照耀，更竚赫曦！

【刘石先生点评】

钟振振教授《清华百年校庆赋》为清华大学百年校庆之际，清华大学的特邀创作。钟振振教授为此三下清华，走访四方，体验生活，清华大学又专门召开座谈会，听取各方意见，而后十数易其稿，精心撰构而成。此赋属古代文体中难度最大的骈赋，无论立意、内容、结构、句法、修辞，声韵，文采斐然，均臻一流，且确为清华大学之百年赋，移诸他校不得，诚属难得之佳构。视今日报刊常见之大学赋、城市赋，相去不可以道里计矣。

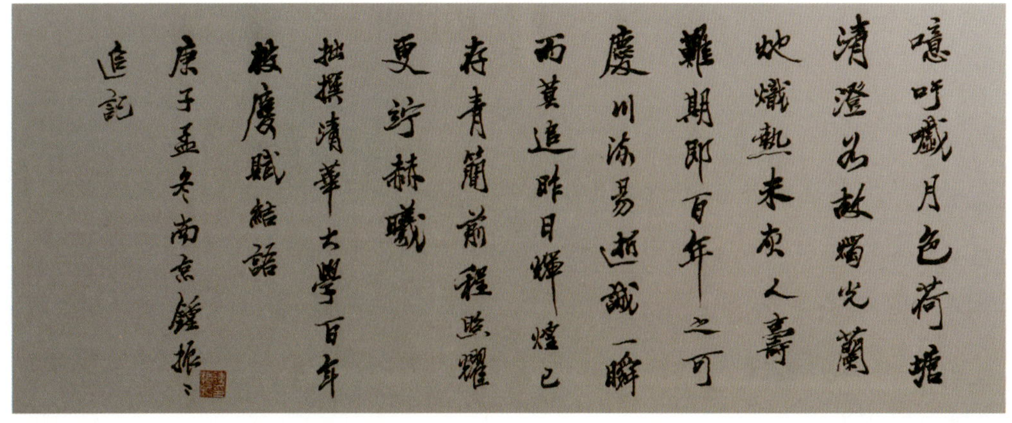

（钟振振　书）

王改正

男，汉族，1951 年生于河南省郾城县（现漯河市召陵区）。1969 年参加中国人民解放军，2006 年退休。现任中华诗词学会副会长。著有诗词集《细柳营边草》等。

临江仙·清华大学 110 周年致贺并序（通韵）

王改正

水木清华，黉宇崔巍。一百一十年奋斗，传薪播火；八千里道路追求，实至名归。明德弘道为本，培育家国梁栋；济世至善为宗，担当社稷安危。学业与修身并重，科研和教育双飞。院士之摇篮，荟八方之硕彦；大师之渊薮，集天下之文魁。耻落群雄之后，领潮头之大浪；敢为天下之先，共日月之光辉。

乃歌吟以祝贺，献景仰之丹葵也。词曰：

一百一十岁了，东方水木清华。人文渊薮美无瑕。滋兰三万亩，树蕙四时花。魏阙心怀世事，追求梦到天涯。明德弘道为国家。荷塘圆月下，朵朵是奇葩。

【韩倚云女士点评】

词中小序可见词人文字功力，字字为棋盘中重要棋子，所谓一字易不得，一字少不得。同时“临江仙”这个牌子应用的极为纯熟，“滋兰三万”“树蕙四时”用夸张的手法歌颂清华师生之品格。尾句的朵朵是奇葩，道出清华大学学子乃国家优秀人才。

【王玉明院士点评】

王改正先生特意为清华大学一百一十周年华诞而作的这首《临江仙》，立意高远，纵览古今，情景交融，自然流畅，恰与新声韵相契合。其中佳句频出，如“滋兰三万亩，树蕙四时花”“荷塘圆月下，朵朵是奇葩”等，不愧是娴熟作手。

改正先生不仅才华横溢，诗词文赋俱佳，而且与人为善，正直宽厚，人品诗品俱佳，实乃有口皆碑是也。

龙鸿，生于1967年3月，男，汉族，重庆市人。现为重庆大学建筑城规学院教授、硕士生导师。2007年获得东南大学艺术学院博士学位，2009年清华大学美术学院艺术史论系出站博士后。获教育部“新世纪优秀人才”称号，教育部艺术学理论类教学指导委员会委员、中国美术家协会会员、中国书法家协会会员。

（龙鸿　书）

園

（王玉明　摄）

范诗银

男，笔名石音、巳一、苍实，1953 年生。1972 年参军，2008 年退休，空军大校军衔。中华诗词学会常务副会长，中华诗词杂志社社长，上海大学中华诗词创作研究院荣誉院长，国家语言文字工作委员会委员。出版诗词集《天浅梦深》《响石二集》《响石斋诗词》《虹影集注评》《诗银词》《石音集》。

绕池游慢·隐括《荷塘月色》

——贺《诗词翰墨咏清华：庆祝清华大学建校 110 周年荷塘诗社暨教工书协作品选》出版

范诗银

微凉渡晚，渐穹悬满月，静浸闲庭。踱过空林疏影淡，苍茫里、收放心情。水上田田绿，裙舞欹、最是亭亭。风衔袅娜，羞含蕊蕾，玉溅星明。　流水相邀薄雾，牵露魄新洗，萍叶香凝。不识周遭杨柳色，却响起、蛙管蝉筝。似棹移笑浅，漫相呼、摇袖攀茎。采采梦莲，江南如忆，门掩无声。

【韩倚云女士点评】

“绕池游慢”这个词牌，古人用得不多，其难度也大，而范老师应用得极为纯熟。通篇以景语为多，重点写“荷”与“月”，正应了朱自清《荷塘月色》之淡淡喜悦与淡淡的哀愁。同时，韵律甚协，乃纯正的词人之词。

【王玉明院士点评】

对诗银先生，我宁愿称其为“词家”而不是“诗人”，因为他的词充分吸收了南宋婉约派词家的精髓，并推陈出新，纯熟圆润，清丽高雅，实在难得。奉一大赞！

微涼渡晚漸穹懸滿月靜浸閒庭踱過空林疎
影淡蒼茫裏收放心情水上田田綠裙舞歇最是亭亭
風銜婀娜羞含蕊蕾玉濺星明
流水相邀薄霧牽露魄新洗萍葉香凝不識
周遭楊栁色卻響起蛙管蟬箏似棹移笑淺漫
相呼搖袖攀莖朵朵夢蓮江南如憶門掩無聲
石音先生遶池遊慢詞以賀
翰詠清華出版　庚子金秋　沐書生恭錄

（杜鹏飞　书）

周文彰

周文彰，1953 年生。1988 年获中国人民大学哲学博士学位，现为中央党校（国家行政学院）教授、博士生导师，中华诗词学会会长。长期研究哲学、中国特色社会主义理论体系，出版 20 多部专著和译著，包括《周文彰诗词选》《诗韵校园——国家行政学院校园诗》《诗咏运河》等。

七绝·清华园门

周文彰

典雅清华博学门，无痕水木铸精魂。
夜阑仰望天行健，磊落心留地势坤。

2020 年 12 月 1 日。看到清华园门，就想起清华大学的著名校训。

【王玉明院士点评】

“清华园”校门被校内师生俗称为“二校门”，因为其外面还有大校门，它实际上是清朝皇家园林的建筑，其风格中西合璧，典雅清丽，是大家最喜欢的拍照之地。十年浩劫被毁于极左思潮，教训沉痛。作者最近重过此处，不禁联想到清华大学近110年的历史和著名校训。尾联尤佳。

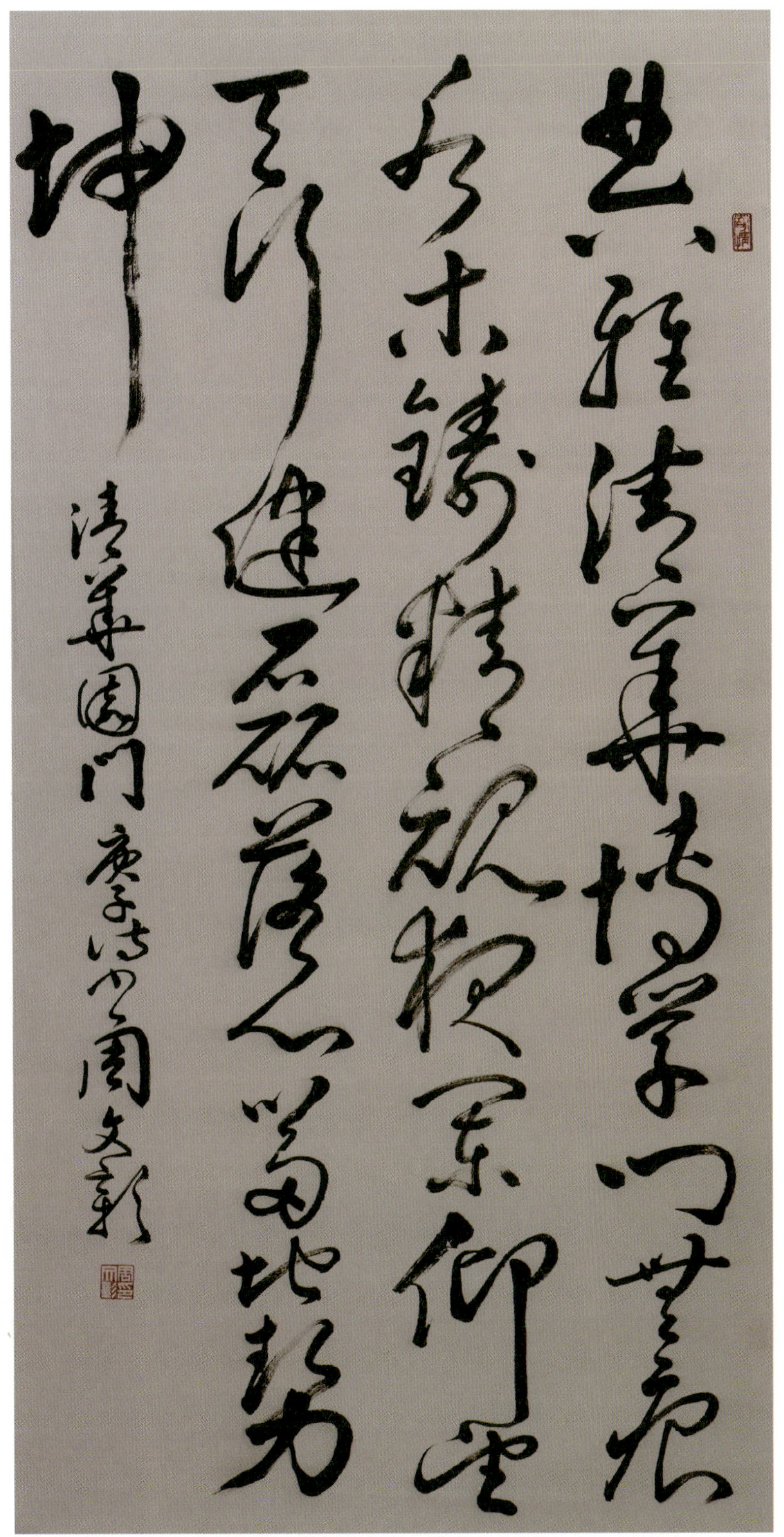

（周文彰　书）

宋彩霞

女，1957 年 11 月生。中国作家协会会员。中华诗词学会常务理事，《中华诗词》杂志副主编，山东诗词学会副会长。已出版《秋水里的火焰》《白雨庐词》等专著十余部。2015 年获“诗词中国·最具公众影响力诗人”称号。

南乡子·王玉明院士《戊戌荷月清华园初觅流萤小记》见寄次韵赋蝉

宋彩霞

柳上谱相思。朝暮缠绵入我诗。应是古来情最苦，非痴，回首风光梦见之。

歌啸乐馀滋。刻骨铭心醉一时。瘦损不关窗上月，相依，电闪雷鸣了不知。

柳上譜相思朝暮纏緜入我詩應是
古来情最苦非癡迴首風光夢見之
歌嘯樂余滋刻骨銘心醉一時瘦損
不關窗上月相依電閃雷鳴了不知

宋綵霞女士南鄉子王玉明院士戊戌荷月清華園
初覔流螢小記見寄次韻賦肆庚子孟秋砬梅書

（张砬梅　书）

附王玉明先生原玉：

南乡子（十首选一）
其一
戊戌荷月清华园初觅流萤小记

王玉明

何事最相思？岁岁流萤逗小诗。寻遍荷塘幽径里，痴痴，未得灵光岂舍之？
忽见喜滋滋，恰到情人坡上时。芳草如茵星闪烁，依依，一片童心君可知？

（2018 年 7 月 10 日夜初稿，7 月 13 日凌晨二稿）

【韩倚云点评】

思情牵到丝柳，清华园之蝉也与众不同，可见词人才思别具，和作用韵不见痕迹，足见手段之高超。

【王玉明院士点评】

彩霞诗家和高昌诗家见到拙作《南乡子》咏清华园萤火的小令之后，都作为知音加以点评，并命笔唱和，跳出窠臼，唱出新境，感谢之余，奉一大赞！

林峰（中国北京）

男，1967年3月生，浙江龙游人。现为中华诗词学会副会长兼学术部主任、中华诗词杂志社副主编。曾获“诗词中国”“诗词中国”最具影响力诗人荣誉称号。著有《一三居诗词》《花日松风》《古韵新风·林峰卷》《一三居存稿》等诗集。

五律·清华大学110周年华诞依玉明院士韵并和

林峰（中国北京）

水木泛精光，西山近暖阳。
风清承厚德，月白焕文章。
学古知无限，探微景正长。
海天三万里，自有鹤高翔。

【韩倚云女士点评】

首联描写清华的地理位置，颔联写清华的文化底蕴与校训，颈联写清华的教学方式，尾联写清华学子前途无限。非常标准的五律写法，为清华大学现状“量体裁衣”。其中，“风清”对“月白”甚工；“承”与“焕”对仗也见功力；“学古”与“探微”对仗甚工；“无限”与“正长”对仗更见巧妙，非高手不能为之。可见诗人技法之功底。

【王玉明院士点评】

这首用拙作之韵唱和的大作，真情实感，自然流畅，属对工整，尾联尤佳。

林峰先生对拙作也有不少点评，多谢鼓励鞭策！

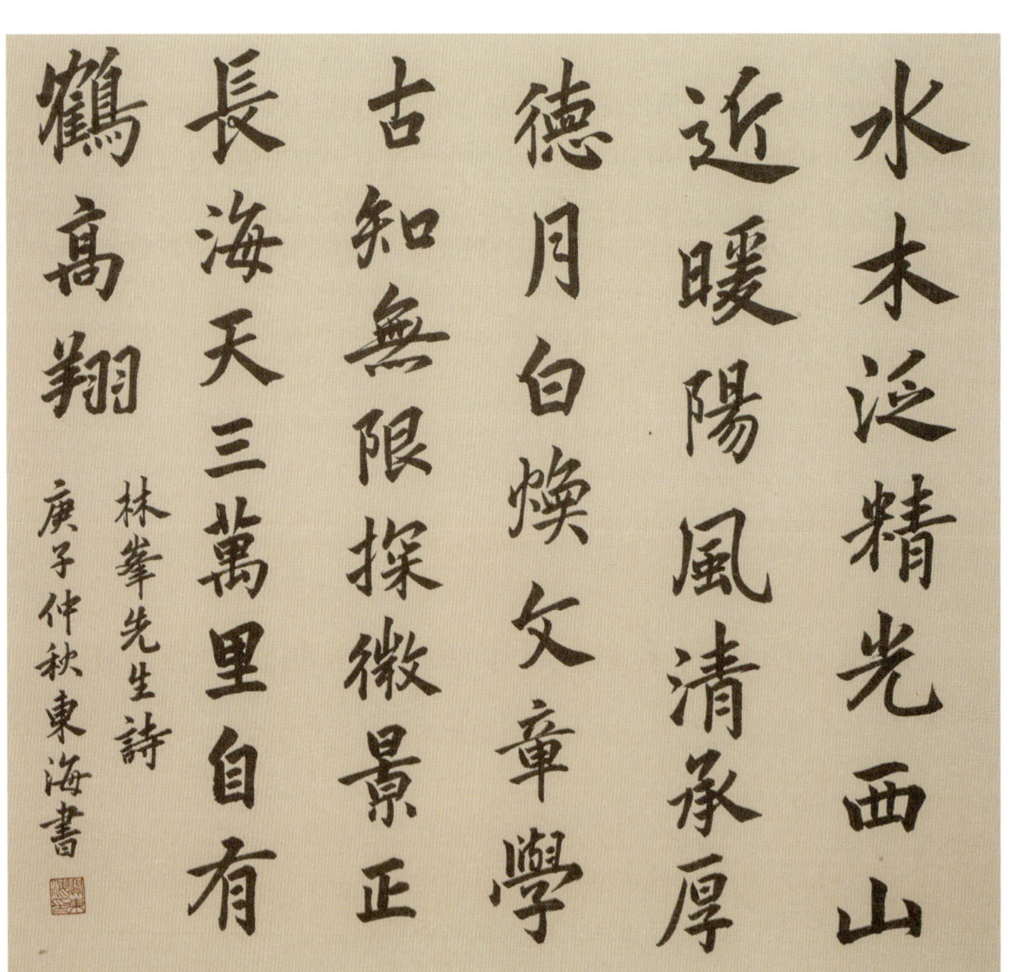

（关东海　书）

高昌

男，1967 年 6 月生，现任《中华诗词》杂志主编、中国文化报社专刊中心主任、中华诗词学会副会长、中国作协诗歌委员会委员。主要著作有《高昌诗词选》《公木传》《玩转律诗》《玩转词牌》《百年中国的感情气候》《儒林漫笔》等。

五律·步韵和唱清华大学王玉明老师《荷塘萤火》

高昌

叶底舞奇芒，风前闪异光。
心清尤焕彩，性淡不争香。
客路随秋远，蓬窗伴夜长。
相思灯盏亮，照梦到家乡。

附王玉明先生原玉：

五律·荷塘萤火

王玉明

闪烁若星芒，熹微萤火光。
悠悠流水韵，袅袅睡荷香。
美丽唯一瞬，情思自久长。
红尘弥漫处，幽苑作仙乡。

【韩倚云女士点评】

首联出句不凡，“奇芒”与“异光”字下的精准，或许，唯有清华大学才有如此之“奇”、之“异”，那么，清华荷塘之火自然也与其他地方不同。“心清”与“情淡”既写荷又写人，唯有淡泊清明之胸怀，方能攻克国际难题。颔联引申，清华是众位学子共同的家园，并呼应原作“一瞬”之美丽，在人生的道路上，影响长久，在清华读书几年，仅仅是人生的一小段路程，但是却会影响一个学子的一生。尾联收束精彩，意味深长，“萤火”之一点，点亮相思无限。艺术永远以抒情为主，前三联都在为尾联的抒情作铺垫，可见计人手法之高超。

【王玉明院士点评】

高昌诗家见到我写的清华园萤火的诗后，有所共鸣，欣然命笔步韵唱和。该和诗的特点是能够跳出窠臼，别开生面，借萤火起兴而诗思飞扬，真乃神来之笔，超越原作，洵为佳作。

（顾工　书）

（王玉明　摄）

李少君

男，1967 年 12 月生，湖南湘乡人，1989 年毕业于武汉大学新闻系，主要著作有《自然集》《草根集》《海天集》《应该对春天有所表示》等，被誉为“自然诗人”。曾任《天涯》杂志主编，海南省文联副主席，现为《诗刊》主编，一级作家。

寄语清华——清华记忆

李少君

清华赏月，荷塘赋诗，三五友人，相谈甚欢，会心之处，一饮而尽，每忆及此，风和林静，世界皆在一园之中而已。

【王玉明院士点评】

李少君先生是新诗界的扛旗手，能积极参与以传统诗词为内容的该书的编辑工作，谨表谢意！我觉得少君先生的诗论《我的心，情，意》中的观点与传统诗词有着紧密的血缘关系，与叶嘉莹先生的《什么样的诗才算好诗》的观点不谋而合。愿新体诗与古体诗能够无论西东，融会贯通，同存互补，诗坛共荣。

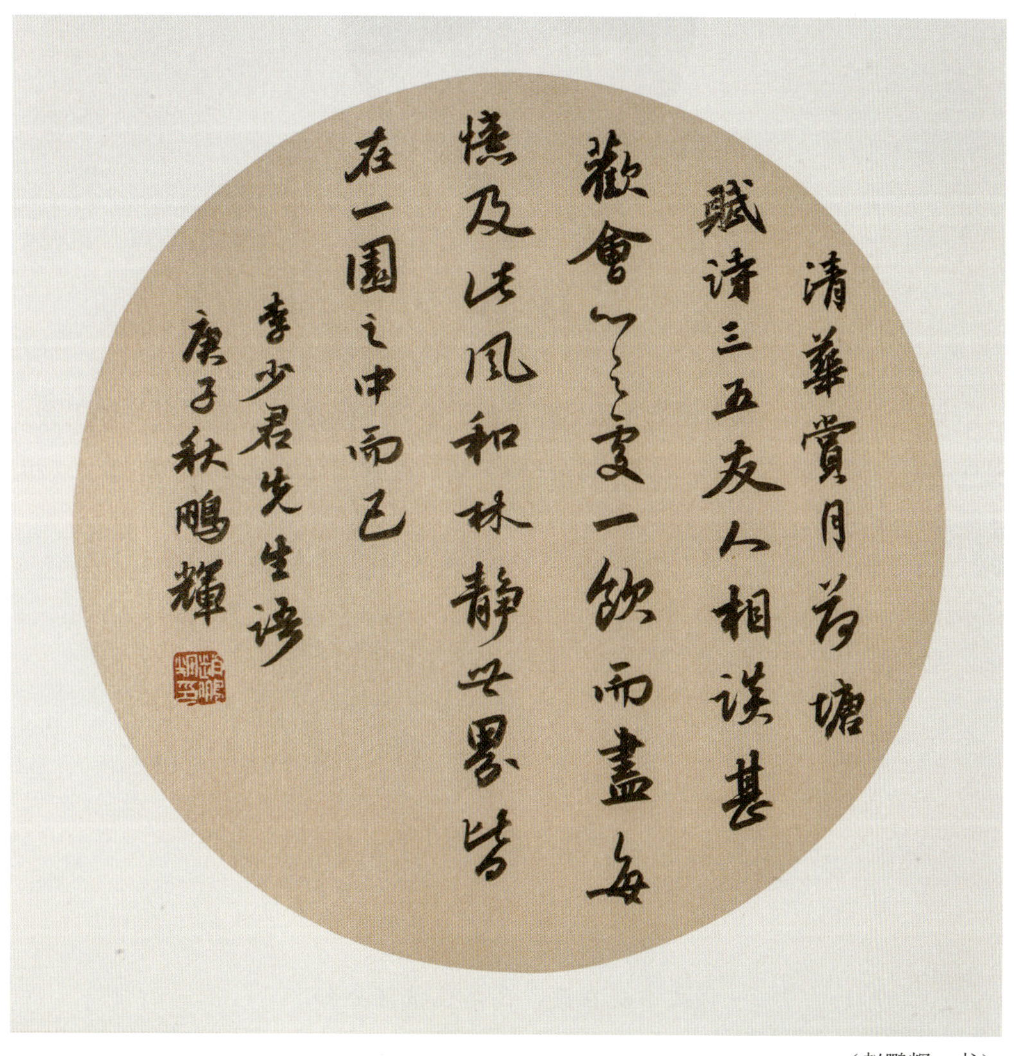

（赵鹏辉　书）

江岚

男，1968 年生，河南信阳市人。曾供职于中华全国总工会教科文卫体工会。现任《诗刊》编辑部副主任，子曰诗社秘书长。著有旧体诗选集《饮河集》《相映集——六人诗词选》。

七绝·陈寅恪

江岚

一代文章犹在腹，高名已被任公知。
晚年心绪转萧瑟，但把双钗仔细推。

【王玉明院士点评】

众所周知，陈寅恪是著名的清华大学国学四大导师之一，学识渊博，理念坚定，其“独立之精神，自由之思想”的学术理念，在一定意义上可以说是对梁启超提出的“自强不息，厚德载物”校训的某种补充。

江岚先生这首七绝的首联在肯定了陈寅恪先生的学术地位之后，紧接着一转，说他“晚年心绪转萧瑟”，只能去写《柳如是别传》之类的著作了。说明其人生的最后二十年命运多舛，可惜可叹，其中的经验教训值得反思。

此诗立意高远，感慨深沉，确为好诗，绝非一般的应酬之作可比。

（王玉明　摄）

一代文章猶在腹，高名已被俗人知。晚年心緒轉蕭瑟，但把雙釵仔細推。

論詩絕句之陳寅恪　辛丑春日　江嵐

（江岚　书）

莫真宝

男，1971 年生，湖南常德人，文学博士。现任国务院参事室中央文史研究馆中华诗词研究院学术部副主任。著有《张溥文学思想研究》。诗词作品散见于《诗刊》《中华诗词》《中华辞赋》等。中国中央电视台纪录片《诗行天下》文学指导，文化音乐节目《经典咏流传》文学顾问。

五律·敬步王玉明院士《清华礼赞》韵兼咏清华园

莫真宝

春晖驱夜气，东海起朝阳。
水木风前树，清华园内藏。
先生堪士范，学子逾人强。
相与凌霄举，鲲鹏接翼翔。

【韩倚云女士点评】

步韵却无痕，是为技法之高超，文字运用之纯熟。“风前”对“园内”方位词信手拈来，可见诗人之手段。总体来看，表达到位，歌颂到位。

【王玉明院士点评】

真宝乃是中文博士，地道科班出身，既擅长研究，亦精于创作。这首用拙作之韵而写的咏清华五律，虽然是命题之作，但仍可见其功底深厚。此外，真宝为人耿直，从不虚夸敷衍，对拙作多有切磋指正，有的被我采纳，有的被我反驳，但从不介意，不愧诤友是也。

（王玉明　摄）

春暉驅夜氣東海起朝陽水木風前樹清華園内藏先生堪士范學子踰人福相與凑霄擧鯤鵬接翼翔

莫真寳先生詩庚子金秋張子涵録

（张子涵　书）

韩倚云

女，1977 年生，河北保定人，现居北京市海淀区。工学博士后，北京航空航天大学副教授、博导，泰国皇家理工大学教授、博导，法国 INSA 大学特聘教授、博导。研究方向：航天宇航技术、人工智能、工程可靠性、诗词与科学。北京诗词学会副会长，国标委冶金分会副主任委员。

五律·清华建校 110 周年致贺

韩倚云

沃土天然厚，名材育万枝。
雷霆驱腐朽，星斗挂旌旗。
百载风吹处，群山绿染时。
今朝翻史册，能不畅神思。

【王玉明院士点评】

韩倚云博士为祝贺清华大学一百一十周年校庆而专门写的这首五律，诗思递进，起承转合，脉络清晰。高度概括了清华教育科研圣地，地灵人杰，除旧布新，举旗奋进，百载传承，功标史册的历程。最后以反诘句“能不畅神思”结尾，表达了作者的豪迈情怀和对清华的满满信心。

倚云博士是我的好友杨叔子院士的博士后，流体传动与控制专家，与我的专业比较接近。除了主业之外，诗书画俱佳，有书法为证。是文理工结合的中青年才俊。

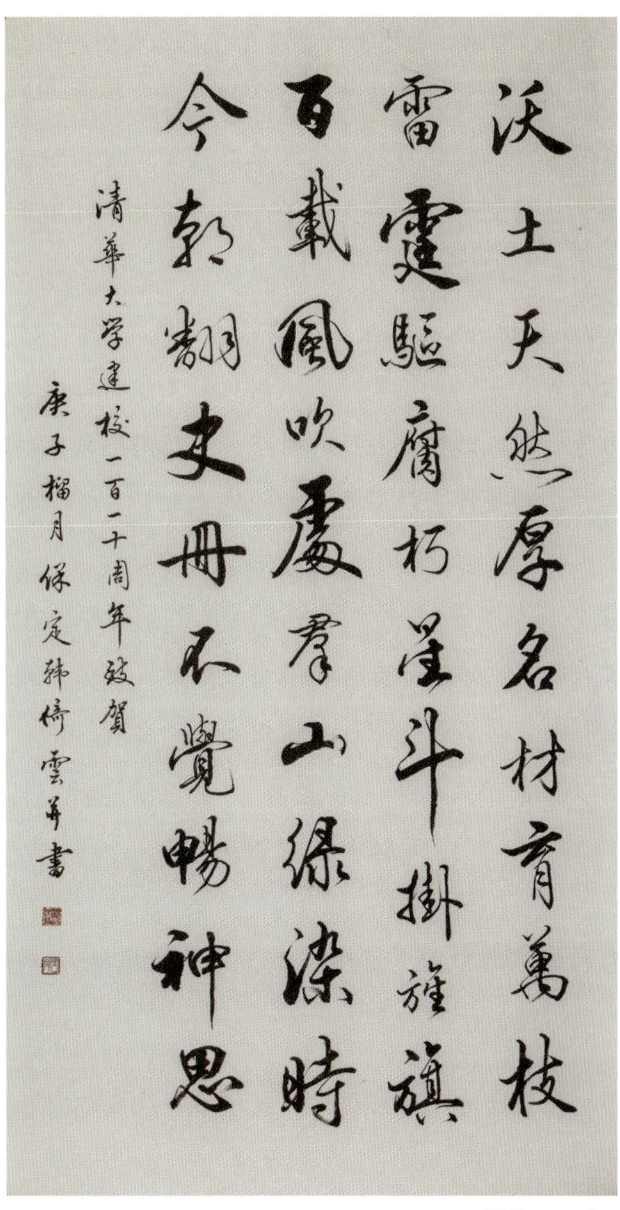

（韩倚云 书）

后记

2021 年是清华大学建校 110 周年，学校发起校庆出版物相关工作。我和书法协会会长杜鹏飞老师商议后觉得应该出版一本描写清华人、清华情、清华园的诗词书法作品集。这个提议得到了胡显章老师、王玉明院士和工会主席王岩老师、宣传部常务副部长覃川老师的充分认可和大力支持。名誉主编王玉明院士为了提升本书的水平和影响，邀请了叶嘉莹先生、丘成桐先生担任名誉顾问，也邀请了多位诗词界的前辈名家对每首作品进行点评；杜鹏飞老师与书法协会的各位老师认真书写了诗社社员的诗作，真正做到了“诗词翰墨咏清华”；值得一提的是，诗词界的前辈名家也应王院士之约为清华 110 周年校庆专门创作诗词书法作品；清华大学出版社对本书非常重视，左玉冰等老师对本书的编辑出版也极下功夫，力求出精品，在此向为本书贡献智慧和付出心血的诸位先生、师长和同仁致以崇高的敬意！我还要特别感谢执行主编肖红缨老师，前期作品收集、整理、编辑及后期与出版社老师的对接，涉及书稿的变动和调整，以及许多沟通协调的工作，都是肖老师用业余时间完成的，工作量非常之大，很不容易。

这本诗词书法集凝聚了荷塘诗社和书法协会众多老师校友们的心血，作为主编之一我的投入并不足够，如有疏漏不当之处皆是我的问题，在此致歉。忝任诗社社长六年有余，颇多惭愧。每年校庆在谷雨之后，以一首旧作为结。

点绛唇 • 己亥谷雨

造化人工，匆匆过眼匆匆客。苔门拙石，门外桃花坼。柳短池深，风絮狂踪迹。长短驿，雨濡诗册，渐渐千言一。

期待清华大学工会荷塘诗社越来越好。以本书寄托我们对母校 110 年华诞的美好祝福！

解峰

2021 年 3 月